O AMANTE

2ª reimpressão

MARGUERITE DURAS
O AMANTE

Tradução
Denise Bottmann

Posfácio
Leyla Perrone-Moisés

Copyright © Marguerite Duras, 1984
Copyright © Editora Planeta do Brasil, 2020
Todos os direitos reservados.
Título original: *L'Amant*

Revisão: Elisa Martins e Thais Rimkus
Diagramação: Abreu's System
Projeto gráfico: Jussara Fino
Capa: adaptada do projeto gráfico de Compañía
Imagem de capa: Pictorial Press Ltd / Alamy / Fotoarena

Dados Internacionais de Catalogação na Publicação (CIP)
Angélica Ilacqua CRB-8/7057

Duras, Marguerite O amante / Marguerite Duras; tradução de Denise Bottmann. – São Paulo: Planeta, 2020. 128 p. ISBN 978-65-5535-066-1 Título original: L'amant 1. Ficção francesa I. Título II. Bottmann, Denise 20-2005	CDD 843

Índices para catálogo sistemático:
1. Ficção francesa

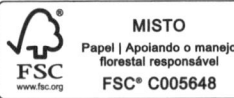 Ao escolher este livro, você está apoiando o manejo responsável das florestas do mundo

2024
Todos os direitos desta edição reservados à
EDITORA PLANETA DO BRASIL LTDA.
Rua Bela Cintra, 986 – 4º andar
Consolação – 01415-002 – São Paulo-SP
www.planetadelivros.com.br
faleconosco@editoraplaneta.com.br

para Bruno Nuytten

Um dia, eu já tinha bastante idade, no saguão de um lugar público, um homem se aproximou de mim. Apresentou-se e disse: "Eu a conheço desde sempre. Todo mundo diz que você era bonita quando jovem; venho lhe dizer que, por mim, eu a acho agora ainda mais bonita do que quando jovem; gostava menos do seu rosto de moça do que do rosto que você tem agora, devastado".

Penso com frequência nessa imagem que sou a única ainda a ver e que nunca mencionei a ninguém. Ela continua lá, no mesmo silêncio, fascinante. Entre todas as imagens de mim mesma, é a que me agrada, nela me reconheço, com ela me encanto.

Muito cedo foi tarde demais em minha vida. Aos dezoito anos, já era tarde demais. Entre os dezoito e os vinte e cinco anos, meu rosto tomou um rumo imprevisto. Aos dezoito, envelheci. Não sei se isso acontece com todo mundo, nunca perguntei. Acho que me falaram dessa arremetida do tempo que às vezes nos atinge quando atravessamos as idades mais jovens, as mais celebradas da vida. Esse envelhecimento foi brutal. Eu o vi ganhar meus traços, um a um, mudar a relação que existia entre eles, aumentar os olhos, entristecer o olhar, marcar mais a boca, imprimir profundas gretas na testa. Em vez de me assustar, acompanhei a evolução desse envelhecimento do meu rosto com o interesse que teria, por exemplo, pelo desenrolar de uma leitura. Sabia também que não me enganava, um dia ele diminuiria o ritmo e retomaria seu curso normal. As pessoas que me haviam conhecido, aos dezessete anos, quando estive na França, ficaram impressionadas ao me rever dois anos depois, aos dezenove. Eu conservei aquele rosto. Foi o meu rosto. Claro, ele continuou a envelhecer, mas relativamente menos do que deveria. Tenho um rosto lacerado por rugas secas e profundas, a pele sulcada. Ele não decaiu como certos rostos de traços finos; manteve os mesmos contornos, mas sua matéria se destruiu. Tenho um rosto destruído.

Permitam-me dizer, tenho quinze anos e meio.
Uma balsa desliza sobre o Mekong.
A imagem permanece durante toda a travessia do rio.
Tenho quinze anos e meio, este país não tem estações, vivemos numa estação só, quente, monótona; vive-

mos na longa zona quente da terra, sem primavera, sem renovação.

Estou num pensionato público em Saigon. Como e durmo nesse pensionato, mas vou às aulas fora, no liceu francês. Minha mãe, professora, quer que a filha faça o secundário. O que você precisa é do secundário. O que era suficiente para ela não é mais para a menina. O secundário e depois prestar concurso para ser professora de Matemática. Sempre ouvi essa ladainha, desde meus primeiros anos de escola. Nunca pensei em escapar ao concurso para o magistério, ficava feliz que ela esperasse isso. Sempre vi minha mãe imaginar a cada dia seu futuro e o de seus filhos. Um dia, ela não pôde mais imaginar futuros grandiosos para os filhos e, então, imaginou outros, futuros truncados, mas ainda assim eles cumpriam sua função, ocupavam-lhe o tempo. Lembro os cursos de Contabilidade para meu irmão mais moço. A escola por correspondência, todos os anos, todas as séries. Temos de recuperar, dizia minha mãe. Aquilo durava três dias, nunca quatro, nunca. Nunca. Deixava-se a escola por correspondência quando ela era transferida de posto. Recomeçava-se no novo posto. Minha mãe resistiu por dez anos. Não adiantou nada. Meu irmão mais moço tornou-se um pequeno contador em Saigon. Não existia escola de Engenharia na colônia, e a isso devemos a partida de meu irmão mais velho para a França. Durante alguns anos, ele ali ficou para fazer Engenharia. Não fez. Minha mãe certamente não se iludia. Mas não tinha escolha, precisava separar esse filho dos outros dois. Durante alguns anos, ele deixou de fazer parte da família. Foi em sua ausência que a mãe comprou a concessão. Terrível aventura, mas para nós, os filhos que restavam, menos terrível do que seria a presença do assassino das crianças da noite, da noite do caçador.

Disseram-me muitas vezes que foi o sol forte demais durante toda a infância. Não acreditei nisso. Disseram-me também que foi a reflexão em que a miséria mergulhava as crianças. Mas não, não foi isso. As crianças-velhas da fome endêmica, sim, mas nós não, nós não passávamos fome, éramos crianças brancas, sentíamos vergonha, vendíamos nossos móveis, mas não passávamos fome, tínhamos um criadinho e comíamos, verdade que apenas de vez em quando, porcarias, aves do mangue, pequenos jacarés, mas essas porcarias eram preparadas por um criado, servidas por ele, e às vezes também recusávamos, permitíamo-nos esse luxo de não querer comer. Não, quando eu tinha dezoito anos aconteceu alguma coisa que fez surgir esse rosto. Devia ser à noite. Eu tinha medo de mim, tinha medo de Deus. De dia, eu tinha menos medo e a morte parecia menos pesada. Mas ela não me deixava. Eu queria matar meu irmão mais velho, queria matá-lo, ter razão contra ele uma vez, pelo menos uma única vez, e vê-lo morrer. Era para retirar da frente de minha mãe o objeto de seu amor, esse filho, puni-la por amá-lo tanto, tão mal, e, sobretudo, para salvar meu irmão mais moço, achava eu, meu irmãozinho, minha criança, da vida vivida por esse irmão mais velho sobre a sua, desse véu negro sobre o dia, dessa lei representada por ele, decretada por ele, um ser humano, e que era uma lei animal, e que a cada instante de cada dia disseminava o medo na vida de meu irmão pequeno, medo que certa vez atingiu seu coração e o levou à morte.

Escrevi muito sobre essas pessoas da minha família, mas enquanto ainda estavam vivas, a mãe e os irmãos, e escrevi sobre eles, sobre essas coisas sem chegar diretamente a elas.

A história da minha vida não existe. Ela não existe. Nunca há um centro. Nem caminho, nem linha. Há vastos lugares em que é de crer que houvesse alguém, não é possível que não houvesse ninguém. A história de uma minúscula parte de minha juventude, já a escrevi mais ou menos, enfim, quer dizer, dei-a a perceber; falo justamente desta parte, a da travessia do rio. O que faço aqui é diferente e parecido. Antes, falei dos períodos claros, dos que estavam esclarecidos. Aqui falo dos períodos encobertos dessa mesma juventude, de certos fatos, certos sentimentos, certos acontecimentos que enterrei. Comecei a escrever num meio que me impelia fortemente ao pudor. Escrever para eles ainda era moral. Escrever, agora, é muitas vezes como se não fosse mais nada. Às vezes sei disto:

que a partir do momento em que não é mais, todas as coisas confundidas, ir ao sabor da vaidade e do vento, escrever não é nada. Que a partir do momento em que não é, a cada vez, todas as coisas confundidas numa só por essência indefinível, escrever não é nada senão publicidade. Mas na maioria das vezes não tenho opinião, vejo que todos os campos estão abertos, que não haveria mais muros, que a escrita não teria mais onde se esconder, onde ser feita, onde ser lida, que sua inconveniência fundamental não seria mais respeitada, mas não vou muito além.

Agora vejo que desde muito jovem, desde os dezoito, quinze anos, tive aquele rosto premonitório deste outro que depois adquiri com o álcool na meia-idade. O álcool cumpriu a função que Deus não cumprira, ele também teve a função de me matar, de matar. Esse rosto alcoólico me veio antes do álcool. O álcool só o confirmou. Havia em mim o lugar para ele, soube disso como os outros, mas, curiosamente, antes da hora. Assim como havia em mim o lugar do desejo. Aos quinze anos, eu tinha o rosto do gozo e não conhecia o gozo. Via-se muito bem esse rosto. Até minha mãe devia vê-lo. Meus irmãos viam. Tudo começou desse jeito para mim, por esse rosto visionário, extenuado, esses olhos pisados antes do tempo, antes da *experiência*.

* * *

Quinze anos e meio. É a travessia do rio. Quando volto a Saigon, sinto-me em viagem, principalmente quando pego o ônibus. E naquela manhã peguei o ônibus em Sadec, onde minha mãe é diretora da escola feminina. É o fim das férias escolares, não lembro bem quais. Fui passá-las na pequena residência funcional de minha mãe. E nesse dia estou voltando a Saigon, ao pensionato. O ônibus para os nativos saiu da praça do mercado de Sadec. Como de hábito, minha mãe me acompanhou e me confiou ao motorista, ela sempre me confia aos motoristas de ônibus de Saigon, para o caso de um acidente, um incêndio, um estupro, um ataque de piratas, uma pane fatal da balsa. Como de hábito, o motorista me colocou na frente, perto dele, no lugar reservado aos passageiros brancos.

É no curso dessa viagem que a imagem teria sido destacada, subtraída ao conjunto. Poderia ter existido, poderiam ter tirado uma foto, como qualquer outra, em outro lugar, em outras circunstâncias. Mas não tiraram. O objeto era miúdo demais para tanto. Quem iria pensar nisso? Ela só poderia ter sido tirada se fosse possível prever a importância daquele acontecimento em minha vida, aquela travessia do rio. Ora, enquanto ela ocorria, até mesmo sua existência era ainda ignorada. Só Deus a conhecia. É por isso que essa imagem, e não podia ser de outra forma, não existe. Foi omitida. Foi esquecida. Não foi destacada, subtraída ao conjunto. É a essa falta de ter sido registrada que ela deve sua virtude, a de representar um absoluto, de ser justamente a sua autora.

É, portanto, durante a travessia de balsa de um braço do Mekong entre Vinhlong e Sadec, na grande planície de lodo e arroz do sul da Cochinchina, a planície dos Pássaros.

Desço do ônibus. Vou até a amurada. Olho o rio. Às vezes minha mãe me diz que nunca, em toda a minha vida, voltarei a ver rios tão belos, tão grandes, tão selvagens, o Mekong e seus braços que descem para os oceanos, esses territórios de água que vão desaparecer nas cavidades dos oceanos. Na planura a perder de vista, esses rios correm velozes, deslizam como se a terra se inclinasse.

Sempre desço do ônibus quando estamos na balsa, à noite também, porque sempre tenho medo, medo de que os cabos cedam, de que sejamos arrastados para o mar. Na terrível correnteza vejo o último momento de minha vida. A correnteza é tão forte que arrastaria tudo, até pedras, uma catedral, uma cidade. Há uma tempestade que sopra no interior das águas do rio. Um vento que se debate.

Estou com um vestido de seda natural, gasto, quase transparente. Tinha sido antes de minha mãe; um dia ela deixou de usá-lo porque achava claro demais e me deu. É um vestido sem mangas, muito decotado. Daquele tom amarelado que a seda natural adquire com o uso. Tenho-o na lembrança. Acho que ele me cai bem. Uso um cinto de couro na cintura, talvez de meus irmãos. Não me lembro dos sapatos que usava naquele tempo, só de certos vestidos. Na maior parte do tempo, uso sandálias de lona sem meias. Falo da época anterior ao colégio de Saigon. A partir de então, naturalmente sempre uso sapatos. Naquele dia, eu devia estar com aqueles famosos sapatos de salto alto em lamê dourado. Não vejo que outra coisa poderia usar naquele dia, portanto eu os uso. Saldo de liquidação que minha mãe me comprou. Uso esses sapatos de lamê dourado para ir ao liceu. Vou ao liceu com sapatos de noite enfeitados com pequenos desenhos de *strass*. É por minha vontade. Só me suporto com esse par de sapatos, e ainda agora é o que quero, são os primeiros sapatos de salto alto da minha vida, lindos, eclipsaram todos os anteriores, aqueles para correr e brincar, baixos, de lona branca.

Não são os sapatos que compõem o que há de insólito, de inaudito, na aparência da menina naquele dia. O que há naquele dia é que a menina está usando um chapéu masculino com a aba reta e lisa, um feltro macio cor de pau-rosa com uma larga fita preta.

A ambiguidade determinante da imagem está nesse chapéu.

Como ele chegou até mim, esqueci. Não imagino quem poderia ter me dado. Acho que foi minha mãe que comprou, a pedido meu. Única certeza: era um saldo de liquidação. Como explicar essa compra? Nessa época, nenhuma mulher, nenhuma moça usava chapéu masculino na colônia. Nenhuma nativa tampouco. O que deve ter acontecido é que experimentei esse chapéu, à toa, de brincadeira, olhei-me no espelho da loja e vi: sob o chapéu masculino, a ingrata magreza da forma, essa imperfeição da infância, se tornou outra coisa. Deixou de ser um dado brutal, fatal, da natureza. Tornou-se, pelo contrário, uma escolha oposta a ela, uma escolha do espírito. De repente eu quis essa magreza. De repente eu me vejo como outra, como outra seria vista, de fora, posta à disposição de todos, à disposição de todos os olhares, na circulação das cidades, dos caminhos, do desejo. Pego o chapéu, não me separo mais dele, eu o tenho, tenho esse chapéu que me faz sentir inteira com ele, não o deixo mais. Quanto aos sapatos, deve ter sido meio parecido, mas depois do chapéu. Eles contradizem o chapéu, tal como o chapéu contradiz o corpo franzino, portanto são bons para mim. Também não os deixo mais, vou a todos os lugares com esses sapatos, esse chapéu, na rua, toda hora, em todo lugar, vou à cidade.

Encontrei uma fotografia de meu filho aos vinte anos. Ele está na Califórnia com suas amigas Erika e Elisabeth Lennard. É tão magro que parece um ugandense branco. Seu sorriso me parece arrogante, tem um ar irônico. Ele quer passar uma imagem desleixada de jovem vagabundo. Gosta disso, pobre, com essa cara de pobre, esse ar desajeitado e magricela. É essa fotografia que mais se aproxima daquela que não foi tirada da moça da balsa.

Quem comprou o chapéu rosa de aba lisa e fita preta larga foi ela, essa mulher de certa fotografia, foi minha mãe. Eu a reconheço melhor ali do que em fotos mais recentes. É o pátio de uma casa no Pequeno Lago de Hanói. Estamos juntos, ela e nós, os filhos. Tenho quatro anos. Minha mãe no centro da imagem. Reconheço como ela se sente pouco à vontade, como não sorri, como espera que logo termine a foto. Por seus traços abatidos, por certo desleixo na roupa, pela sonolência do olhar, sei que faz calor, que ela está cansada e aborrecida. Mas é pelo jeito como nós, os filhos, estamos vestidos, como uns infelizes, que reconheço certo estado que às vezes já acometia minha mãe e cujos sinais de prenúncio nós, na idade que temos na foto, já conhecíamos, esse jeito, justamente, que de repente ela tinha, de não conseguir mais nos lavar nem nos vestir e às vezes nem sequer nos alimentar. Esse grande desânimo de viver atingia minha mãe todos os dias. Às vezes durava, às vezes desaparecia à noite. Tive essa sorte de ter uma mãe desesperada de um desespero tão puro que nem mesmo a felicidade da vida, por mais intensa que fosse, chegava a distraí-la totalmente dele. O que nunca vou saber é que tipo de fato concreto fazia com que ela a cada dia nos largasse à própria sorte. Desta feita, talvez seja a besteira que acaba de fazer, essa casa que acaba de comprar – a da foto –, da qual não tínhamos a menor necessidade, e isso com meu pai já muito doente, à beira da morte, questão só de alguns meses. Ou será que ela acaba de perceber que também está doente, da mesma doença que vai matá-lo? As datas coincidem. O que não sei, como ela tampouco devia saber, é a natureza das evidências que a trespassavam e faziam aparecer esse desânimo. Seria a morte de meu pai, já presente, ou a morte do dia? O questionamento desse casamento? Desse marido? Desses filhos? Ou o questionamento mais geral de toda essa existência?

    Acontecia todo dia. Disso tenho certeza. Devia ser brutal. Em certo momento de cada dia vinha esse desespero. E depois a impossibilidade de avançar, ou o sono, ou às vezes nada, ou às vezes, pelo contrário, as compras de casas, as mudanças, ou às vezes também esse humor, apenas esse humor, essa prostração, ou às vezes uma rainha, tudo o que lhe pediam, tudo o que lhe ofereciam, essa casa no Pequeno Lago, sem nenhuma razão, meu pai já agonizante, ou esse chapéu de aba lisa, porque a menina tanto queria, ou esses sapatos de lamê, e assim por diante. Ou nada, ou dormir, morrer.

Eu nunca tinha visto um filme com aquelas índias que usam esses mesmos chapéus de aba reta e lisa e tranças sobre o peito. Naquele dia, também estou de tranças, não prendi no alto como costumo fazer, mas não são as mesmas. Minhas duas longas tranças descem sobre o peito como as daquelas mulheres do filme que nunca vi, mas são tranças de criança. Desde que tenho o chapéu, não prendo mais os cabelos em cima, para poder colocá-lo. Faz algum tempo que escovo os cabelos com força, penteio para trás, queria que fossem lisos, que aparecessem menos. Todas as noites, penteio e refaço as tranças antes de me deitar, como minha mãe me ensinou. Meus cabelos são pesados, macios, doloridos, uma massa acobreada que chega à cintura. Muitas vezes me dizem que são o que tenho de mais bonito, e para mim isso significa que não sou bonita. Esses cabelos notáveis, mandarei cortar aos vinte e três anos em Paris, cinco anos depois de ter deixado minha mãe. Eu disse: corte. Ele cortou. Tudo num único gesto, para desbastar a cabeleira, a tesoura fria roçou a pele do pescoço. O cabelo caiu no chão. Perguntaram se eu queria, colocariam num pacote. Respondi que não. Depois disso não me disseram mais que eu tinha cabelos bonitos, quer dizer, nunca mais me disseram daquele jeito de antes, de antes de eu cortar. Depois, preferiam dizer: ela tem um olhar bonito. O sorriso também é interessante.

Na balsa, vejam, ainda tenho os cabelos compridos. Quinze anos e meio. Já ando maquilada. Uso creme Tokalon, tento esconder as sardas nas maçãs do rosto, sob os olhos. Por cima do creme Tokalon passo pó de arroz de cor natural, marca Houbigan. Esse pó é de minha mãe, ela usa para ir aos saraus da administração-geral. Nesse dia também estou de batom vermelho-escuro, como se usava, cereja. Não sei como o consegui, talvez Hélène Lagonelle tenha roubado de sua mãe para mim, não sei mais. Não estou usando perfume, na casa de minha mãe só tem água-de-colônia e sabonete Palmolive.

Na balsa, ao lado do ônibus, há uma grande limusine preta com um motorista de libré de algodão branco. Sim, é o grande carro fúnebre dos meus livros. É o Morris Léon-Bollée. O Lancia preto da embaixada da França em Calcutá ainda não fez seu ingresso na literatura.

Entre os motoristas e os patrões ainda há vidros de correr. Ainda há coxias. Ainda é grande como um quarto.

Na limusine está um homem muito elegante que me olha. Não é branco. Está vestido à europeia, o terno de tussor claro dos banqueiros de Saigon. Ele me olha. Já estou acostumada a que me olhem. Olham as brancas nas colônias, até as meninas brancas de doze anos. Faz três anos que os brancos também me olham nas ruas e os amigos de minha mãe me convidam gentilmente para lanchar na casa deles, na hora em que as esposas estão jogando tênis no Clube Esportivo.

Eu poderia me iludir, acreditar que sou bela como as belas mulheres, como as mulheres olhadas, porque realmente me olham muito. Mas sei que não é uma questão de beleza, e sim de outra coisa, por exemplo, sim, outra coisa, por exemplo espírito. Eu pareço o que quero parecer, bela também, se for o que quiserem que eu seja, bela ou bonita, bonita, por exemplo, para a família, para a família, não mais, posso me tornar tudo o que quiserem que eu seja. E acreditar nisso. Acreditar que também sou encantadora. Desde que eu acredite, que isso se torne verdadeiro para quem me vê e deseja que eu corresponda ao seu gosto, sei disso também. Assim, posso ser encantadora em plena consciência, mesmo que me sinta assombrada pela condenação de meu irmão à morte. Para a morte, uma única cúmplice, minha mãe. Digo a palavra encantadora como diziam ao meu redor, ao redor das crianças.

Já estou ciente. Sei algumas coisas. Sei que não são as roupas que tornam as mulheres mais ou menos belas, nem os cuidados de beleza, nem o preço dos cremes, nem a raridade ou o valor dos adornos. Sei que o problema está em outro lugar. Não sei onde. Só sei que não é onde as mulheres pensam que está. Olho as mulheres nas ruas de Saigon, nos postos do interior. Há mulheres belíssimas, alvíssimas, aqui têm um cuidado extremo com a beleza, principalmente no interior. Elas não fazem nada, apenas se guardam, guardam-se para a Europa, os amantes, as férias na Itália, as longas licenças de seis meses a cada três anos, quando finalmente poderão falar do que se passa aqui, dessa existência colonial tão particular, do serviço dessas pessoas, desses criados, tão perfeitos, da vegetação, dos bailes, dessas mansões brancas, tão grandes que a gente se perde nelas, onde são alojados os funcionários nos postos distantes. Elas esperam. Elas se arrumam para nada. Elas se cuidam. Na sombra dessas mansões, elas se cuidam para o futuro, acreditam viver um romance, já estão com os armários tão cheios de roupas que não sabem o que fazer com elas, colecionadas como o tempo, a longa sucessão dos dias de espera. Algumas enlouquecem. Algumas são abandonadas, trocadas por uma jovem criada que fica calada. Abandonadas. Ouve-se o golpe dessa palavra quando as atinge, o som que faz, o som da bofetada que ela desfere. Algumas se matam.

Essa omissão das mulheres em relação a si mesmas, praticada por elas mesmas, sempre me pareceu um erro.

Não era preciso atrair o desejo. Ele estava em quem o despertava ou não existia. Ele já estava ali desde o primeiro olhar ou jamais teria existido. Ele era o entendimento imediato da relação de sexualidade ou não era nada. Isso, também, eu soube antes da *experiência*.

Apenas Hélène Lagonelle escapava à lei do erro. Demorava-se na infância.

Faz tempo que não tenho vestidos meus. Os que uso são uma espécie de saco, velhos vestidos reformados de minha mãe que já eram uma espécie de saco. Exceto os que minha mãe mandou Dô fazer para mim. É a governanta que nunca a deixará, mesmo quando ela voltar à França, mesmo quando meu irmão mais velho tentar violentá-la na residência funcional de Sadec, mesmo quando deixar de receber pagamento. Dô foi criada pelas freiras, borda, faz pregas, costura à mão como não se costura mais há séculos, com agulhas finas como fios de cabelo. Como ela sabe bordar, minha mãe a manda bordar lençóis. Como ela sabe fazer pregas, minha mãe a manda fazer vestidos pregueados para mim, vestidos com babados que me caem como sacos, antiquados, sempre infantis, duas séries de pregas na parte de cima e golas redondas, ou saias pregueadas, ou babados bordados de enviesado para dar "acabamento". Uso esses vestidos como sacos com cintos que os deformam, e assim se tornam intemporais.

Quinze anos e meio. O corpo é magro, quase mirrado, seios ainda infantis, maquilada de rosa pálido e vermelho. E depois essa roupa que poderia provocar risos e da qual ninguém ri. Vejo que já está tudo ali. Está tudo ali, e nada ainda começou, vejo nos olhos, tudo já está nos olhos. Quero escrever. Já disse para minha mãe: o que eu quero é isto, escrever. Nenhuma resposta na primeira vez. E depois ela pergunta: escrever o quê? Digo: livros, romances. Ela diz com dureza: depois do concurso para o magistério em matemática, se quiser pode escrever, não vai mais me dizer respeito. Ela é contra, não é digno, não é trabalho, é uma piada – e me dirá mais tarde: uma ideia de criança.

* * *

A menina com chapéu de feltro está na luz barrenta do rio, sozinha no convés da balsa, apoiada na amurada. O chapéu masculino tinge toda a cena de róseo. É a única cor. Ao sol brumoso do rio, ao sol do calor, as margens se apagam, o rio parece chegar ao horizonte. O rio corre surdo, não faz nenhum som, o sangue no corpo. Nenhum vento sobre a água. O motor da balsa, o único som da cena, o de um velho motor desconjuntado com as bielas emperradas. De tempos em tempos, em leves rajadas, sons de vozes. E depois os uivos dos cães, vêm de todos os lados, por trás da bruma, de todos os povoados. A menina conhece o barqueiro desde criança. O barqueiro lhe sorri e pede notícias da senhora diretora. Ele diz que muitas vezes a vê passar de noite, pois ela vai com frequência à concessão do Camboja. A mãe vai bem, diz a menina. Em volta da balsa, o rio, no nível da margem, suas águas em movimento atravessam as águas paradas dos arrozais, não se misturam. O rio recolheu tudo o que encontrou desde o Tonlésap, a floresta cambojana. Carrega tudo o que vem a ele, palhoças, florestas, restos de incêndios, pássaros mortos, cães mortos, tigres, búfalos, afogados, homens afogados, iscas, ilhas de jacintos-de-água aglutinados, tudo segue para o Pacífico, nada tem tempo de fluir, tudo é levado pela tempestade profunda e vertiginosa da correnteza interna, tudo fica em suspenso na superfície da força do rio.

Respondi que o que mais queria, acima de qualquer outra coisa, era escrever, só isso, nada mais. Ela fica enciumada.

Nenhuma resposta, um olhar rápido logo desviado, o leve dar de ombros, inesquecível. Vou ser a primeira a ir embora. Será preciso esperar ainda alguns anos até que ela me perca, até que ela perca esta menina, esta filha. Quanto aos filhos, não havia nada a temer. Mas esta aqui, um dia, ela sabia, um dia iria embora, conseguiria sair. Primeira em francês. O diretor lhe diz: sua filha, minha senhora, é a primeira em francês. Minha mãe não diz nada, nada, descontente porque não são os filhos os primeiros em francês, a porcaria, minha mãe, meu amor, ela pergunta: e em matemática? Dizem: ainda não é grande coisa, mas chega lá. Minha mãe pergunta: chega lá quando? Respondem: quando ela quiser, minha senhora.

Minha mãe meu amor seu incrível ar ridículo com suas meias de algodão cerzidas por Dô, nos trópicos ela ainda acha que deve usar meias para ser a senhora diretora da escola, seus vestidos lamentáveis, disformes, remendados por Dô, ela ainda descende diretamente de sua quinta na Picardia cheia de primas, usa tudo até acabar, acha que é preciso, é preciso merecer, os sapatos, os sapatos têm os saltos deformados, ela anda torto, tem dificuldade para andar, usa os cabelos puxados e presos num coque de chinesa, ela nos envergonha, me envergonha na rua na frente do liceu, quando chega em sua B.12 na frente da escola todo mundo olha, ela não percebe nada, nunca, dá vontade de prender, de bater, de matar. Ela me olha e diz: talvez você consiga. Dia e noite, a ideia fixa. Não que precise chegar a alguma coisa, o que é preciso é sair de onde estamos.

* * *

Quando minha mãe se recupera, quando sai do desespero, percebe o chapéu masculino e o lamê dourado. Ela me pergunta o que é aquilo. Digo que não é nada. Ela me olha, isso lhe agrada, ela sorri. Fica bem, diz, fica bem em você, diferente. Não pergunta se foi ela que comprou, sabe que foi. Sabe que é capaz disso, que às vezes, aquelas vezes que eu dizia, arrancamos dela o que quisermos, que não pode nada contra nós. Digo-lhe: não é nada caro, não se preocupe. Ela pergunta onde foi. Digo que foi na rua Catinat, na liquidação. Ela me olha com simpatia. Deve achar que essa imaginação da menina, inventando de se vestir desse jeito, é um sinal reconfortante. Não só aceita essa palhaçada, essa falta de decoro, ela comportada como uma viúva, vestida de cinza como uma irmã laica, como essa falta de decoro até lhe agrada.

A ligação com a miséria também aparece no chapéu masculino, pois é preciso que entre dinheiro em casa, de uma maneira ou de outra é preciso. Em volta dela o deserto, os filhos são o deserto, não farão nada, as terras áridas tampouco, perdeu-se o dinheiro, tudo se acabou. Resta essa menina que cresce e que talvez um dia saiba como fazer entrar dinheiro em casa. É por essa razão, e ela não sabe disso, que a mãe permite que a filha saia com essa roupa de prostituta infantil. E é por isso também que a menina já sabe como fazer para canalizar a atenção que lhe dedicam para a atenção que ela, ela, dedica ao dinheiro. Isso faz a mãe sorrir.

A mãe não a impedirá quando ela for atrás de dinheiro. A filha dirá: eu pedi a ele quinhentas piastras para o retorno à França. A mãe dirá que está bom, que é o necessário para se instalar em Paris, ela dirá: quinhentas piastras bastam. A filha sabe que o que ela faz, ela, é o que a mãe escolheria que a filha fizesse, se ousasse, se tivesse forças para tanto, se a dor provocada por essa ideia não estivesse ali a cada dia, extenuante.

Nas histórias de meus livros que remetem à minha infância, de repente não sei mais o que evitei dizer, o que disse, acho que falei do amor que sentíamos por nossa mãe, mas não sei se falei do ódio que também sentíamos por ela e do amor que sentíamos uns pelos outros, e do ódio também, terrível, nessa história comum de ruína e morte que era a dessa família em qualquer caso, de amor ou de ódio, e que ainda não consigo entender plenamente, ainda me é inacessível, oculto no mais fundo de minha carne, cega como um recém-nascido no primeiro dia de vida. Ela é o ponto onde começa o silêncio. O que acontece é justamente o silêncio, essa lenta labuta durante toda a minha vida. Ainda estou lá, diante daquelas crianças possessas, à mesma distância do mistério. Nunca escrevi, e pensei que escrevia, nunca amei, e pensei que amava, nunca fiz nada a não ser esperar diante da porta fechada.

Quando estou na balsa do Mekong, nesse dia da limusine preta, minha mãe ainda não abandonou a concessão da barragem. Uma vez ou outra, ainda percorremos o caminho, como antes, à noite, ainda vamos os três, passamos ali alguns dias. Lá ficamos na varanda do bangalô, na frente da montanha do Sião. E depois voltamos. Ela não tem nada para fazer lá, mas vai mesmo assim. Meu irmão mais moço e eu ficamos perto dela na varanda diante da floresta. Agora estamos crescidos, não tomamos mais banho no rio, não perseguimos mais a pantera-negra nos pântanos das embocaduras, não vamos mais à floresta nem às aldeias dos pimentais. Tudo cresceu ao redor. Não há mais crianças montadas nos búfalos nem em lugar nenhum. Também fomos atingidos pela estranheza, e a mesma lentidão que se apoderou de minha mãe se apoderou de nós. Não adianta nada, olhamos a floresta, esperamos, choramos. As terras baixas estão definitivamente perdidas, os empregados cultivam os terrenos altos, ficam com o arroz em casca, continuam mesmo sem salário, aproveitam as boas palhoças que minha mãe mandou construir. Eles nos amam como se fizéssemos parte de sua família, agem como se cuidassem do bangalô e cuidam. Não falta uma peça da pobre baixela. O telhado apodrecido pelas chuvas continua a se desfazer. Mas os móveis estão limpos. E a forma do bangalô está ali pura como um desenho, visível desde a estrada. As portas são abertas diariamente para que o vento passe e seque a madeira. E fechadas à noite contra os cães errantes, os contrabandistas da montanha.

Portanto, vejam, não é na cantina de Réam, como eu havia escrito, que encontro o homem rico da limusine preta, é depois do abandono da concessão, dois ou três anos depois, na balsa, nesse dia que estou relatando, nessa luz de bruma e de calor.

É um ano e meio depois desse encontro que minha mãe volta conosco para a França. Venderá todos os seus móveis. E depois irá uma última vez até a barragem. Irá se sentar na varanda diante do crepúsculo, olhará mais uma vez na direção do Sião, uma última vez, depois nunca mais, mesmo quando deixar novamente a França, quando mudar outra vez de ideia e voltar mais uma vez para a Indochina a fim de receber sua aposentadoria em Saigon, nunca mais ela se postará diante dessa montanha, diante desse céu amarelo e verde por sobre essa floresta.

Sim, devo dizer, já em idade avançada ela recomeçou. Montou uma escola de língua francesa, a Nouvelle Ecole francesa, que lhe permitirá pagar parte de meus estudos e sustentar o primogênito até o fim de sua vida.

* * *

Meu irmão mais moço morreu de broncopneumonia em três dias, o coração não resistiu. Foi nesse momento que deixei minha mãe. Era a época da ocupação japonesa. Tudo terminou naquele dia. Nunca lhe fiz perguntas sobre nossa infância, sobre ela. Ela morreu para mim com a morte de meu irmão mais moço. Assim como meu irmão mais velho. Não superei o horror que de súbito me inspiraram. Não me importo mais. Desde aquele dia, não sei mais nada deles. Ainda não entendi como ela conseguiu pagar suas dívidas aos *chettys*, os comerciantes locais. Um dia eles deixaram de vir. Posso vê-los. Estão sentados na saleta de Sabec, com tangas brancas, ficam ali sem dizer uma palavra, meses, anos. Ouço minha mãe chorando e insultando-os, ela está em seu quarto, não quer sair, grita que vão embora, eles são surdos, calmos, sorridentes, e ali ficam. E, então, um dia somem. Eles estão mortos, agora, a mãe e os dois irmãos. É tarde demais mesmo para as lembranças. Não os amo mais. Nem sei se os amei. Eu os deixei. Não tenho mais na memória o cheiro de sua pele nem em meus olhos a cor dos seus. Não me lembro mais da voz, exceto às vezes a voz da doçura mesclada ao cansaço da noite. O riso, não ouço mais, nem os gritos. Está acabado, não lembro mais. É por isso que escrevo sobre ela, agora, de modo tão fácil, tão longo, tão estirado, ela se tornou escrita corrente.

* * *

Ela, essa mulher, deve ter ficado em Saigon de 1932 a 1949. Meu irmão mais moço morre em dezembro de 1942. Ela não consegue mais ir a lugar nenhum. Continua lá, ao lado do túmulo, diz. E depois acabou voltando para a França. Meu filho tinha dois anos quando nos revimos. Era tarde demais para um reencontro. Compreendemos desde o primeiro olhar. Não havia mais nada a reencontrar. Exceto o filho mais velho, todo o resto estava acabado. Ela foi viver e morrer no Loir-et-Cher, no falso castelo Luís XIV. Ela morava com Dô. Ainda sentia medo à noite. Tinha comprado uma espingarda. Dô ficava de vigia nas mansardas do último andar do castelo. Ela também tinha comprado uma propriedade para o primogênito perto de Amboise. Havia bosques ali. Ele mandou cortar. Foi jogar a dinheiro num clube de bacará em Paris. Perdeu os bosques numa noite. Onde a lembrança cede de repente, onde meu irmão talvez me leve às lágrimas, é após a perda do dinheiro desses bosques. O que sei é que o encontram deitado em seu automóvel, em Montparnasse, na frente da Coupole, com vontade de morrer. Depois, não sei mais. O que ela fez, ela, com seu castelo é absolutamente inconcebível, sempre para o primogênito, que, criança de cinquenta anos, não sabe ganhar dinheiro. Ela compra chocadeiras elétricas, instala-as no salão do térreo. Tem seiscentos pintinhos de uma vez, quarenta metros quadrados de pintinhos. Ela tinha se enganado no controle das lâmpadas de infravermelho, e nenhum pintinho consegue se alimentar. Os seiscentos pintinhos têm o bico defeituoso, que não fecha direito, todos morrem de fome, ela não irá mais recomeçar. Estive no castelo durante a eclosão dos ovos, uma festa. Depois, é tamanho o fedor dos pintinhos mortos e da ração deles que não consigo mais comer no castelo de minha mãe sem vomitar.

Ela morreu entre Dô e seu menino, como ela dizia, em seu grande aposento do primeiro andar, onde punha carneiros para dormir, quatro a seis carneiros em volta de sua cama nos períodos mais gelados, durante vários invernos, os últimos.

É lá, na última casa, a do Loire, quando ela interrompe seu vaivém incessante, no fim das coisas dessa família, é lá que pela primeira vez vejo claramente a loucura. Vejo que minha mãe é claramente louca. Vejo que Dô e meu irmão sempre tiveram acesso a essa loucura. Eu não, eu nunca tinha visto. Nunca tinha visto minha mãe como louca. Ela era. De nascença. No sangue. Não era doente de sua loucura, ela a vivia como saúde. Entre Dô e o filho mais velho. Afora eles, ninguém mais havia entendido. Ela sempre tinha muitos amigos, conservava as amizades por longos anos e sempre fazia novos amigos, muitas vezes bem jovens, entre os que chegavam dos postos do interior, ou mais tarde entre as pessoas de Touraine, em meio às quais havia aposentados das colônias francesas. Ela atraía as pessoas para perto de si, de qualquer idade, por causa de sua inteligência, diziam, tão viva, de sua alegria, dessa incomparável naturalidade que nunca a deixava.

* * *

Não sei quem havia tirado a foto do desespero. Aquela do pátio da casa de Hanói. Talvez meu pai, uma última vez. Em alguns meses ele será repatriado para a França por motivo de saúde. Antes, mudará de posto, será nomeado para Pnom Penh. Ficará lá algumas semanas. Morrerá em menos de um ano. Minha mãe se negará a acompanhá-lo à França, ficará onde estava, detida ali. Em Pnom Penh. Nessa residência admirável que dá para o Mekong, o antigo palácio do rei do Camboja, no meio desse parque assustador, desses hectares, onde minha mãe sente medo. À noite ela nos dá medo. Dormimos nós quatro numa mesma cama. Ela diz que sente medo da noite. É nessa residência que minha mãe saberá da morte de meu pai. Ela saberá antes da chegada do telegrama, desde a véspera, por um sinal que somente ela viu e soube entender, por essa ave que em plena noite tinha gritado, ensandecida, perdida no escritório da face norte do palácio, o de meu pai. Foi ali também que, alguns dias antes da morte do marido, também em plena noite, minha mãe se encontrou diante da imagem de seu pai, o pai dela. Ela acende a luz. Ele está lá. Junto à mesa, de pé, no grande salão octogonal do palácio. Ele a olha. Lembro um uivo, um apelo. Ela nos acordou, contou-nos a história, como ele estava vestido, a roupa de domingo, cinza, sua aparência e o olhar fixo nela. Ela disse: eu o chamei como quando era pequena. Ela disse: não tive medo. Correu para a imagem desaparecida.

Os dois tinham morrido na data e na hora dos pássaros, das imagens. Daí, sem dúvida, a admiração que sentíamos pela sabedoria de nossa mãe, em todas as coisas, incluindo as da morte.

O homem elegante desce da limusine, ele fuma um cigarro inglês. Olha a jovem com chapéu masculino e sapatos dourados. Aproxima-se devagar. Visivelmente intimidado. De início, não sorri. De início, oferece um cigarro a ela. A mão treme. Há essa diferença de raça, ele não é branco, ele deve superá-la, por isso treme. Ela lhe diz que não fuma, não, obrigada. Não diz mais nada, não diz me deixe em paz. Ele sente menos medo. E diz que parece um sonho. Ela não responde. Não vale a pena responder, o que responderia? Ela espera. Ele pergunta: mas de onde você é? Ela diz que é filha da diretora da escola feminina de Sadec. Ele pensa um pouco e depois diz que ouviu falar dessa senhora, a mãe, de sua falta de sorte com aquela concessão que teria comprado no Camboja, não é isso? Sim, é isso.

Ele repete que é absolutamente extraordinário encontrá-la nessa balsa. De manhã tão cedo, uma jovem linda como ela, você não imagina, é muito inesperado, uma jovem branca num ônibus nativo.

Diz que o chapéu lhe cai bem, muito bem mesmo, que é original um chapéu de homem, por que não? Ela é tão bonita, pode se permitir qualquer coisa.

Ela olha para ele. Pergunta quem ele é. Ele diz que está voltando de Paris, onde fez seus estudos, que também mora em Sadec, justamente junto ao rio, o casarão com os grandes terraços e as balaustradas de cerâmica azul. Ela pergunta o que ele é. Ele diz que é chinês, que sua família vem do norte da China, de Fu-Chuen. Você me permitiria conduzi-la à sua casa em Saigon? Ela concorda. Ele diz ao motorista para pegar as bagagens da jovem no ônibus e colocá-las no carro preto.

Chinês. Ele pertence a essa minoria financeira de origem chinesa que possui todos os imóveis populares da colônia. É aquele que atravessava o Mekong naquele dia em direção a Saigon.

Ela entra no carro preto. A porta se fecha. Uma leve aflição vem de repente, um cansaço, a luz sobre o rio que se embaça, mas levemente. Um ensurdecimento muito tênue também, uma névoa, por tudo.

Nunca mais farei a viagem no ônibus dos nativos. A partir de agora, terei uma limusine para ir ao liceu e para me levar de volta ao pensionato. Jantarei nos lugares mais elegantes da cidade. E estarei ali sempre lamentando tudo o que faço, tudo o que deixo, tudo o que pego, o bom e o ruim, o ônibus, o motorista do ônibus, com quem eu dava risada, as velhas mascando bétel nos assentos traseiros, as crianças sobre os bagageiros, a família de Sadec, o horror da família de Sadec, seu silêncio genial.

* * *

Ele falava. Dizia que sentia falta de Paris, das adoráveis parisienses, das farras, das orgias, ah, de lá, de lá, da Coupole, da Rotonde, já eu prefiro a Rotonde, das casas noturnas, dessa vida "fabulosa" que ele tinha levado durante dois anos. Ela escutava, atenta às informações de seu discurso que remetiam à riqueza, que pudessem dar uma indicação da quantidade de milhões. Ele continuava a contar. A mãe havia morrido, era filho único. Só lhe restava o pai, o dono do dinheiro. Mas, sabe como é, ele está preso ao cachimbo de ópio na frente do rio faz dez anos, administra a fortuna de sua cama de campanha. Ela diz que entende.

O pai não permitirá o casamento do filho com a pequena prostituta branca do posto de Sadec.

A imagem começa bem antes que ele aborde a menina branca perto da amurada, no momento em que desce da limusine preta, quando começa a se aproximar dela, e ela sabe, ela sabe, que ele está com medo.
    Desde o primeiro momento ela sabe alguma coisa assim, quer dizer, que ele está em suas mãos. E que, portanto, outros também, além dele, poderiam ficar em suas mãos caso surgisse a ocasião. Ela também sabe outra coisa, que agora certamente chegou o momento em que não pode mais escapar a certas obrigações para consigo mesma. E ela também sabe, nesse dia, que a mãe não pode saber de nada daquilo nem os irmãos. Desde que entrou no carro

preto, ela soube, está afastada dessa família pela primeira vez e para sempre. Doravante eles não devem mais saber o que acontecerá com ela. Não importa que a peguem, que a levem, que a maltratem, que a corrompam, eles não devem mais saber. Nem a mãe, nem os irmãos. Doravante será este o destino deles. É hora de chorar na limusine preta.

A menina agora terá de enfrentar aquele homem, o primeiro, aquele que se apresentou na balsa.

Chegou muito rápido esse dia, uma quinta-feira. Ele veio todos os dias buscá-la no liceu para levá-la ao pensionato. E depois uma vez, uma quinta-feira à tarde, ele veio ao pensionato. E a levou no carro preto.

É Cholen. Fica do outro lado dos bulevares que ligam o bairro chinês ao centro de Saigon, essas grandes ruas de tipo americano recortadas pelos bondes, pelos riquixás, pelos ônibus. É o começo da tarde. Ela escapou ao passeio obrigatório das jovens do pensionato.

É um cômodo no sul da cidade. Moderno, parece mobiliado às pressas, com móveis que se pretendem *modern style*. Ele diz: não escolhi os móveis. O estúdio está escuro, ela não pede que abra as persianas. Não tem um sentimento muito definido, não sente ódio nem repugnância, então sem dúvida ali já existe desejo. Ela desconhece o desejo. Concordou em ir quando ele a convidou na tarde anterior. Está onde deve estar, deslocada. Sente um leve medo. De fato, parece que isso deve corresponder não só ao que ela espera, mas ao que deveria acontecer exatamente no seu caso. Ela está muito atenta ao exterior das coisas, à luz, ao vozerio da cidade em que está imerso o quarto. Ele, por sua vez, treme. Olha-a de início como que esperando que ela fale, mas ela não fala. Então ele também não se mexe, não a despe, diz que a ama feito louco, diz baixinho. Depois fica quieto. Ela não responde. Poderia responder que não o ama. Não diz nada. De repente, ela sabe, ali, naquele instante, ela sabe que ele não a conhece, que nunca a conhecerá, que não tem como conhecer tanta perversidade. E fazer tantos e tantos rodeios para alcançá-la, ele jamais conseguirá. Cabe a ela saber. Ela sabe. A partir da ignorância dele, ela sabe de repente: ele lhe agradava já na balsa. Ele lhe agrada, a coisa dependia somente dela.

Ela lhe diz: preferiria que você não me amasse. Mesmo que você me ame, gostaria que fizesse como costuma fazer com as mulheres. Ele a olha espantado e pergunta: é o que você quer? Ela diz que sim. Foi ali naquele quarto que ele começou a sofrer pela primeira vez, não mente mais sobre esse ponto. Ele lhe diz que já sabe que ela nunca o amará. Ela o deixa falar. Primeiro ela diz que não sabe. Depois o deixa falar.

Ele diz que está só, atrozmente só, com esse amor que sente por ela. Ela diz que também está só. Não diz com quê. Ele diz: você me seguiu até aqui como teria seguido qualquer um. Ela responde que não pode saber, que nunca tinha seguido ninguém até um quarto. Ela diz que não quer que ele fale com ela, o que quer é que ele faça como costuma fazer com as mulheres que leva à sua *garçonnière*. Ela lhe suplica que faça assim.

Ele arranca o vestido, joga-o, arranca a calcinha de algodão branco e a leva nua assim até a cama. E então se vira para o outro lado e chora. Ela, lenta, paciente, torna a trazê-lo para perto de si e começa a despi-lo. De olhos fechados, ela o despe. Lentamente. Ele quer fazer gestos para ajudá-la. Ela lhe pede que não se mexa. Deixe. Ela diz que quer fazer ela mesma. Ela faz. Ela o despe. Quando ela pede, ele muda o corpo de lugar na cama, mas pouco, levemente, como para não a despertar.

A pele é de uma suavidade suntuosa. O corpo. O corpo é magro, sem força, sem músculos, podia ser de um doente, de um convalescente, ele é imberbe, sem virilidade a não ser a do sexo, é muito frágil, parece estar à mercê de um insulto, sofrendo. Ela não o olha no rosto. Não o olha. Ela o toca. Toca a suavidade do sexo, da pele, acaricia a cor dourada, a desconhecida novidade. Ele geme, chora. Sente um amor abominável.

E, chorando, ele faz. Primeiro vem a dor. Então, depois que essa dor é acolhida, ela é transformada, lentamente arrancada, arrastada para o gozo, abraçada a esse gozo.

O mar, sem forma, simplesmente incomparável.

* * *

Já na balsa, de antemão, a imagem teria participado daquele instante.

A imagem da mulher com as meias cerzidas atravessou o quarto. Finalmente aparece como criança. Os filhos já sabiam. A filha ainda não. Eles nunca falarão juntos sobre a mãe, sobre esse conhecimento que têm e que os separa dela, esse conhecimento decisivo, derradeiro, o da infância da mãe.
A mãe não conheceu o gozo.

Eu não sabia que sangrava. Ele me pergunta se doeu, digo não, ele diz que fica feliz.
Ele enxuga o sangue, ele me lava. Olho-o fazer. Insensivelmente ele volta, volta a ser desejável. Eu me pergunto como tive a força de enfrentar a proibição posta por minha mãe. Com essa calma, essa determinação. Como consegui ir "até o fundo da ideia".
Nós nos olhamos. Ele abraça meu corpo. Me pergunta por que vim. Digo que devia vir, que era como uma obrigação. É a primeira vez que falamos. Conto-lhe da existência de meus dois irmãos. Digo que não temos dinheiro. Mais nada. Ele conhece esse irmão mais velho, encontrou-o nas casas de ópio do posto. Digo que esse irmão rouba de minha mãe para ir fumar, que rouba dos empregados e que às vezes os donos das casas de ópio vêm cobrar o pagamento à minha mãe. Falo das barragens. Digo que minha

mãe vai morrer, que aquilo não pode mais continuar. Que a morte muito próxima de minha mãe também deve estar relacionada com o que me aconteceu hoje.

Percebo que o desejo.

Ele tem pena de mim, eu lhe digo que não, que não deve ter pena de mim nem de ninguém, exceto de minha mãe. Ele me diz: você veio porque tenho dinheiro. Eu lhe digo que o desejo assim com o seu dinheiro, que quando o vi ele já estava naquele carro, naquele dinheiro, e que portanto não posso saber o que teria feito se tivesse sido de outra maneira. Ele diz: eu queria levá-la, ir embora com você. Digo que ainda não poderia deixar minha mãe sem morrer de pena. Ele diz que decididamente não teve sorte comigo, mas que mesmo assim me dará dinheiro, para eu não me preocupar. E se estendeu de novo. De novo ficamos calados.

O ruído da cidade é muito forte, na minha memória é o som de um filme alto demais, ensurdecedor. Lembro bem, o quarto está escuro, não falamos, ele está cercado pelo vozerio contínuo da cidade, embarcado na cidade, no trem da cidade. Não há vidros nas janelas, só cortinas e persianas. Nas cortinas dá para ver a sombra das pessoas que passam ao sol na calçada. Multidões sempre numerosas. As sombras regularmente estriadas pelas frestas das persianas. Os estalidos dos tamancos de madeira golpeiam a cabeça, as vozes são estridentes, o chinês é uma língua gritada como sempre imagino serem as línguas dos desertos, é uma língua incrivelmente estrangeira.

Lá fora o dia chega ao fim, sabe-se pelo barulho das vozes e dos passos cada vez mais numerosos, cada vez mais misturados. É um bairro de prazer que atinge seu ápice à noite. E a noite começa agora, com o pôr do sol.

A cama está separada da cidade por essas persianas de treliça, essa cortina de algodão. Nenhum material duro nos separa das outras pessoas. Mas elas ignoram nossa existência. Já nós percebemos alguma coisa da existência delas, o conjunto das vozes, dos movimentos, como uma sirene soltando um grito fraturado, triste, sem eco.

Chegam ao quarto odores de caramelo, dos amendoins torrados, das sopas chinesas, das carnes grelhadas, das ervas, do jasmim, da poeira, do incenso, das brasas, as brasas aqui são transportadas em cestos, vendidas nas ruas, o cheiro do bairro é o das aldeias da mata, da floresta.

Eu o vi de repente num roupão preto. Sentado, bebia um uísque, fumava.

Ele disse que eu tinha dormido, que ele tomara um banho. Mal senti o sono chegar. Ele acendeu uma lâmpada numa mesa baixa.

É um homem que tem hábitos, penso de repente, deve vir com relativa frequência a este quarto, é um homem que deve fazer muito amor, um homem que tem medo, deve fazer muito amor para lutar contra o medo. Eu lhe digo que gosto da ideia de que ele tenha muitas mulheres, de eu estar entre essas mulheres, confundida entre elas. Nós nos olhamos. Ele entende o que acabo de dizer. O olhar subitamente alterado, desfocado, arrebatado, a morte.

Digo que venha, que ele deve me tomar de novo. Ele vem. Ele cheira bem, a cigarro inglês, a perfume caro, ele cheira a mel, sua pele adquiriu à força o cheiro da seda, o perfume frutado do tussor de seda, do ouro, ele é desejável. Eu lhe falo desse desejo por ele. Ele me pede para esperar mais um pouco. E fala, diz que soube imediatamente, desde a travessia do rio, que eu seria assim após meu primeiro amante, que eu amaria o amor, diz que já sabe que eu o enganarei e que enganarei também todos os homens com quem estiver. Diz que, quanto a si, ele foi o instrumento de sua própria desgraça. Fico feliz com tudo o que ele me anuncia e lhe digo. Ele se torna brutal, seu sentimento é desesperado, ele se atira sobre mim, come os seios de criança, grita, insulta. Fecho os olhos de tanto prazer. Penso: está acostumado, é isso o que faz na vida, o amor, só isso. As mãos são experientes, maravilhosas, perfeitas. Tenho muita sorte, é claro, é como uma profissão que ele tivesse, sem saber ele teria a exata noção do que deve fazer, do que deve dizer. Ele me chama de puta, de nojenta, diz que sou seu único amor, e é isso o que ele deve dizer e é isso que se diz quando se deixa o dizer acontecer, quando se deixa o corpo fazer e buscar e encontrar e tomar o que quer, e aí tudo é bom, não há restos, os restos são recobertos, tudo arrastado pela torrente, pela força do desejo.

    O barulho da cidade está tão próximo, tão perto, que dá para ouvi-lo roçar a madeira das persianas. É como se as pessoas passassem pelo quarto. Acaricio o corpo dele nesse barulho, nessa passagem. O mar, a imensidão que se recolhe, se afasta, volta.

    Eu tinha lhe pedido que fizesse mais uma vez e mais outra. Que me fizesse aquilo. Ele tinha feito. Fizera-o na untuosidade do sangue. E tinha sido mesmo de morrer. Foi de morrer.

Ele acendeu um cigarro e me deu. E baixinho, junto à minha boca, me falou.

Eu também lhe falei baixinho.

Como ele não sabe por si, eu falo por ele, em seu lugar, como não sabe que traz em si uma elegância essencial, eu digo isso por ele.

É a noite que vem agora. Ele me diz que me lembrarei a vida toda dessa tarde, mesmo quando tiver esquecido até seu rosto, seu nome. Pergunto se me lembrarei da casa. Ele me diz: olhe bem. Eu olho. Digo que é como qualquer lugar. Ele diz que é isso, sim, como sempre.

Ainda revejo o rosto e lembro o nome. Ainda vejo as paredes brancas, a cortina de pano que dá para a fornalha lá fora, a outra porta em arco que leva ao outro quarto e a um jardim ao ar livre – as plantas morreram de calor – cercado de balaustradas azuis como a grande mansão com terraços de Sadec que dá para o Mekong.

É um lugar de angústia, naufragado. Ele me pergunta em que estou pensando. Digo que penso em minha mãe, que ela vai me matar se souber a verdade. Vejo que ele faz um esforço e depois diz, diz que entende o que diria minha mãe, diz: essa desonra. Ele diz que não poderia suportar a ideia em caso de casamento. Olho para ele.

Ele me devolve o olhar e se desculpa, altivo. Diz: sou um chinês. Sorrimos. Pergunto se é comum ficar triste como estamos. Ele diz que é porque fizemos amor durante o dia, na hora mais quente. Diz que depois sempre é terrível. E sorri. Diz: com amor ou sem, é sempre terrível. Diz que isso passará com a noite, assim que ela chegar. Eu digo que não é só por ser de dia, que ele está enganado, que sinto uma tristeza que já esperava e que vem só de mim. Que sempre fui triste. Que vejo essa tristeza também nas fotos em que sou menininha. Que hoje, ao reconhecer essa tristeza como a que sempre senti, eu quase poderia lhe dar meu nome, a tal ponto ela se parece comigo. Hoje eu lhe digo que essa tristeza é um bem-estar, o de finalmente cair numa desgraça que minha mãe me anuncia desde sempre, clamando no deserto de sua vida. Digo: não entendo muito bem o que ela diz, mas sei que este quarto é o que eu esperava. Falo sem esperar resposta. Digo que minha mãe brada suas crenças como os enviados de Deus. Brada que não se deve esperar nada, nunca, de ninguém, nem de Estado nenhum, nem de Deus nenhum. Ele fica me olhando falar, não tira os olhos de mim, olha minha boca enquanto falo, estou nua, ele me acaricia, talvez nem me escute, não sei. Digo que não faço dessa desgraça em que me encontro uma questão pessoal. Conto como era simplesmente tão difícil comer, vestir, viver, em suma, só com o salário de minha mãe. É cada vez mais penoso falar. Ele diz: como vocês faziam? Eu digo que estávamos na rua, que a miséria tinha feito desabar os muros da família, que todos estávamos fora de casa, cada um fazendo o que bem entendia. Desavergonhados. É assim que estou aqui com você. Ele está em cima de mim, se entranha mais uma vez. Ficamos assim, presos, gemendo por entre o clamor da cidade ainda lá fora. Nós o ouvimos ainda. E depois não ouvimos mais.

Os beijos no corpo fazem chorar. É como se consolassem. Em família não choro. Naquele dia, naquele quarto, as lágrimas consolam do passado e do futuro também. Digo que um dia vou me desgarrar de minha mãe, que um dia não sentirei mais amor nem por ela. Choro. Ele descansa a cabeça em mim e chora por me ver chorar. Digo que, em minha infância, a infelicidade de minha mãe ocupou o lugar do sonho. Que o sonho era minha mãe e nunca as árvores de Natal, somente ela, sempre, seja a mãe esfolada viva pela miséria, seja a mãe desvairada que brada no deserto, seja a que vai atrás de alimento ou a que conta incessantemente o que aconteceu com ela, Marie Legrand de Roubaix, ela fala de sua inocência, de suas economias, de sua esperança.

Pelas persianas veio a noite. O vozerio aumentou. Mais vibrante, menos surdo. Lampiões avermelhados se acendem.

Saímos da *garçonnière*. Recoloquei o chapéu masculino de fita preta, os sapatos dourados, o vermelho-escuro nos lábios, o vestido de seda. Envelheci. Percebo de repente. Ele nota, diz: você está cansada.

Na calçada, a multidão segue em todos os sentidos, lenta ou rápida, abre passagem, sarnenta como os cães abandonados, cega como os mendigos, é uma multidão da China, ainda a revejo nas imagens da prosperidade de hoje, na maneira de andarem juntos sem nenhuma impaciência, de estarem nas aglomerações como se sozinhos, sem alegria, sem tristeza, sem curiosidade, andando sem parecer ir, sem intenção de ir, apenas de avançar por aqui e não por ali, sozinhos e na multidão, nunca sozinhos por si mesmos, sempre sozinhos na multidão.

Vamos a um desses restaurantes chineses de vários andares, ocupam prédios inteiros, são grandes como lojas de departamentos ou quartéis, com balcões e terraços dando para a cidade. O barulho que vem desses prédios é inconcebível na Europa, é o barulho dos pedidos gritados pelos garçons e repetidos e gritados nas cozinhas. Ninguém fala, nesses restaurantes. Há orquestras chinesas nos terraços. Vamos ao andar mais calmo, o dos europeus, o cardápio é o mesmo, mas gritam menos. Há ventiladores e reposteiros pesados contra o barulho.

Peço que me conte sobre a riqueza de seu pai. Ele diz que não gosta de falar de dinheiro, mas que, se eu insisto, ele me conta o que sabe sobre a fortuna do pai. Tudo começou em Cholen, com os alojamentos para nativos. Ele mandou construir trezentos. É dono de várias ruas. Fala francês com sotaque parisiense levemente forçado, fala do dinheiro com desenvoltura sincera. O pai tinha imóveis que vendeu para comprar terrenos vagos no sul de Cholen. Também vendeu arrozais, ele acha, em Sadec. Pergunto sobre as epidemias. Digo que vi ruas inteiras de alojamentos interditados, da noite para o dia, portas e janelas lacradas por causa da epidemia de peste. Ele me diz que aqui há menos, que as desratizações são muito mais frequentes que no campo. De repente faz todo um romance sobre os alojamentos. O custo deles é muito mais baixo que o dos prédios ou das casas individuais, e eles atendem muito melhor às necessidades dos bairros populares do que as residências separadas. A população aqui gosta de viver junta, principalmente essa população pobre, eles vêm do campo e também gostam de ficar assim ao ar livre, na rua. E os hábitos dos pobres não devem se perder. Seu pai acabou justamente de construir todo um conjunto de alojamentos em galerias cobertas que dão para a rua. Isso torna as ruas muito claras, muito agradáveis. As pessoas passam o dia nessas galerias externas. Também dormem ali quando faz muito calor. Digo que também gostaria de morar numa galeria externa, que quando era criança isto me parecia ideal, dormir do lado de fora. De repente me sinto mal. Algo tênue, muito leve. É o coração batendo ali, fora do lugar, batendo na chaga viva e fresca que ele me fez, esse que fala comigo, esse que gozou o prazer da tarde. Não ouço mais o que ele diz, não o escuto mais. Ele percebe e se cala. Peço que continue falando. Ele continua. Escuto de novo. Ele diz que pensa muito em Paris. Acha que sou muito diferente das parisienses, muito menos gentil. Digo que esse negócio de alojamentos não deve ser tão lucrativo assim. Ele não responde mais.

Durante todo o tempo da nossa história, um ano e meio, falaremos dessa maneira, nunca falaremos de nós. Desde os primeiros dias sabemos que é inconcebível um futuro em comum, então jamais falaremos do futuro, teremos conversas como as jornalísticas, ora discutindo, ora concordando.

Digo que a estada na França foi fatal para ele. Ele concorda. Diz que comprou tudo em Paris, mulheres, conhecimentos, ideias. Ele é doze anos mais velho do que eu, e isso lhe dá medo. Escuto como ele fala, como se engana, como me ama também, com uma espécie de teatralidade convencional e ao mesmo tempo sincera.

Digo que vou apresentá-lo à minha família, ele tenta fugir, dou risada.

Ele só consegue expressar seus sentimentos pela paródia. Descubro que não tem força para me amar contra seu pai, me pegar, me levar com ele. Ele chora muito porque não encontra forças para amar além do medo. Seu heroísmo sou eu, sua servidão é o dinheiro do pai.

Quando falo de meus irmãos, ele já recai nesse medo, como desmascarado. Acha que todo mundo à minha volta espera que ele me peça em casamento. Sabe que já está perdido aos olhos de minha família, que só pode se perder ainda mais e, por conseguinte, perder a mim também.

Ele diz que foi cursar uma escola comercial em Paris, finalmente conta a verdade, que não fez nada e o pai cortou a mesada, enviou a passagem de volta, ele foi obrigado a deixar a França. Sua tragédia é esse retorno. Ele não terminou esse curso comercial. Diz que espera terminá-lo por correspondência.

Os encontros com a família começaram com os grandes jantares em Cholen. Quando minha mãe e meus irmãos vêm a Saigon, digo a ele para convidá-los aos grandes restaurantes chineses, que eles não conhecem, onde nunca entraram.

Essas noites decorrem sempre da mesma maneira. Meus irmãos devoram a comida e nunca lhe dirigem a palavra. Nem sequer olham para ele. Não conseguem olhar. Não conseguiriam. Se conseguissem, esse esforço de olhar, seriam também capazes de estudar, de se dobrar às regras elementares da vida em sociedade. Durante essas refeições, apenas minha mãe fala, pouquíssimo, principalmente nos primeiros tempos, diz algumas frases sobre os pratos que trazem, sobre o preço exorbitante, e depois se cala. Ele, nas duas primeiras vezes, se lança à conversa, tenta contar suas proezas em Paris, mas em vão. É como se não tivesse falado, como se não tivessem ouvido. Sua tentativa se afunda no silêncio. Meus irmãos continuam a devorar. Devoram como nunca vi ninguém devorar em lugar nenhum.

Ele paga. Conta o dinheiro. Coloca no pires. Todo mundo olha. Na primeira vez, lembro, ele separa setenta e sete piastras. Minha mãe está à beira de um riso histérico. Nós nos levantamos para sair. Nenhum agradecimento, de ninguém. Nunca dizem obrigado pelo bom jantar, nem boa tarde nem até logo nem como vai, nunca dizem nada.

Meus irmãos nunca lhe dirigirão a palavra. É como se ele fosse invisível para eles, como se não fosse denso o suficiente para ser notado, visto, ouvido por eles. Isso porque ele está a meus pés, porque assumiu como princípio que não o amo, que estou com ele pelo dinheiro, que não posso amá-lo, que é impossível, que ele poderia suportar tudo de mim sem nunca chegar ao fundo desse amor. Isso porque ele é chinês, porque não é branco. A maneira desse meu irmão mais velho de se calar e ignorar a existência de meu amante vem de uma convicção tal que se torna exemplar. Todos tomamos o irmão mais velho como modelo em relação a esse amante. Mesmo eu, na frente deles, não falo com ele. Na presença de minha família, não devo nunca lhe dirigir a palavra. Exceto, claro, quando lhe passo uma mensagem deles. Por exemplo, depois do jantar, quando meus irmãos me dizem que querem ir beber e dançar na Source, sou eu que digo a ele que queremos ir à Source beber e dançar. Primeiro ele faz que não ouviu. E eu, de minha parte, não devo, pela lógica de meu irmão mais velho, não devo repetir o que acabei de dizer, reiterar o pedido; se fizesse isso seria um erro, estaria aceitando sua insatisfação. Ele acaba respondendo. Em voz baixa, que se pretende íntima, diz que gostaria muito de ficar sozinho comigo por alguns momentos.

Diz isso para pôr fim ao suplício. Então, devo continuar a não entender, como mais uma traição, como se ele quisesse acusar o golpe, denunciar a conduta de meu irmão mais velho em relação a ele, portanto nunca devo responder. Ele, ele continua, insiste, diz, ousa dizer: sua mãe está cansada, veja. De fato, minha mãe despenca de sono após os jantares fabulosos dos chineses de Cholen. Não respondo mais nada. É aí que ouço a voz de meu irmão mais velho, ele diz uma frase curtíssima, cortante, definitiva. Minha mãe dizia dele: dos três é o que fala melhor. Dita a frase, meu irmão espera. Tudo se detém; reconheço o medo de meu amante, é o mesmo de meu irmão mais moço. Ele não resiste mais. Vamos à Source. Minha mãe também vai, vai dormir na Source.

Na presença de meu irmão mais velho, ele deixa de ser meu amante. Não deixa de existir, mas já não é nada para mim. Fica insignificante. Meu desejo obedece a meu irmão mais velho, ele rejeita meu amante. Cada vez que os vejo juntos, acho que nunca mais vou suportar essa visão. Meu amante é negado justamente em seu corpo frágil, nessa fragilidade que me arrebata de gozo. Diante de meu irmão, ele se torna um escândalo inconfessável, um motivo de vergonha que deve ser ocultado. Não consigo lutar contra as ordens mudas de meu irmão. Consigo quando o alvo é meu irmão mais moço. Quando o alvo é meu amante, nada posso contra mim mesma. Ao falar disso agora, relembro a hipocrisia do rosto, o ar distraído de quem olha outra coisa, de quem tem mais o que pensar e que, no entanto, vê-se pelos maxilares levemente cerrados, está exasperado e sofre por ter de suportar isso, essa indignidade, só para poder comer bem, num restaurante caro, algo que deveria ser muito natural. Em torno da lembrança a claridade lívida da noite do caçador. Faz um som estridente de alerta, de grito de criança.

Na Source a mesma coisa, ninguém fala com ele.

Todos pedem Martell Perrier. Meus irmãos bebem rapidamente a primeira dose e pedem a segunda. Minha mãe e eu lhes damos as nossas. Meus irmãos logo ficam bêbados. Continuam a não falar com ele, mas descambam para a recriminação. Principalmente o mais moço. Reclama que o lugar é triste e que não há dançarinas. Durante a semana há muito pouca gente na Source. Com meu irmão mais moço eu danço. Com meu amante eu também danço. Não danço nunca com meu irmão mais velho, jamais dancei com ele. Sempre impedida pela percepção perturbadora de um perigo, o dessa atração maléfica que ele exerce sobre todos nós, o da aproximação de nossos corpos.

Nossa semelhança é impressionante, especialmente o rosto.

O chinês de Cholen fala comigo, está à beira das lágrimas, diz: o que é que fiz a eles? Digo que não precisa se preocupar, que é sempre assim, entre nós também, em todas as circunstâncias da vida.

* * *

Explico quando nos encontramos de novo na *garçonnière*. Digo que essa violência de meu irmão mais velho, fria, insultante, acompanha tudo o que nos acontece, tudo o que chega a nós. Seu primeiro movimento é matar, eliminar a vida, dispor da vida, desprezar, perseguir, fazer sofrer. Digo que não tenha medo. Que não corre nenhum risco. Porque a única pessoa que meu irmão mais velho teme, que curiosamente o intimida, sou eu.

Nunca bom dia, boa noite, bom ano. Nunca obrigado. Nunca falar. Nunca precisar falar. Tudo continua, mudo e distante. É uma família de pedra, petrificada numa espessura sem nenhum acesso. Todos os dias tentamos nos matar, matar. Não só não falamos, não nos olhamos. A partir do momento que vemos, não conseguimos olhar. Olhar é ter um movimento de curiosidade por alguma coisa, contra alguma coisa, é decair. Nenhuma pessoa olhada merece o olhar sobre si. É sempre desonroso. A palavra conversa está banida. Creio que é isso que aqui melhor expressa a vergonha e o orgulho. Para nós, qualquer comunidade, familiar ou não, é odiosa, degradante. Estamos juntos numa vergonha por princípio de ter de viver a vida. É aí que estamos no ponto mais fundo de nossa história comum, o de sermos, nós três, filhos dessa pessoa de boa-fé, nossa mãe, assassinada pela sociedade. Estamos à margem dessa sociedade que reduziu minha mãe ao desespero. Por causa do que fizeram à nossa mãe tão amável, tão confiante, odiamos a vida, nós nos odiamos.

Nossa mãe não previa o que viríamos a ser a partir do espetáculo de seu desespero, falo principalmente dos meninos, dos filhos. Mas, se tivesse previsto, como conseguiria calar o que tinha se tornado sua própria história? Mentir no rosto, no olhar, na voz? No amor? Poderia morrer. Suprimir-se. Dispersar a comunidade impossível. Separar totalmente o primogênito dos outros dois. Não foi o que fez. Ela foi imprudente, foi inconsequente, irresponsável. Ela era tudo isso. Ela viveu. Nós três a amamos para além do amor. Por causa disso mesmo, por não conseguir, não poder se calar, ocultar, mentir, nós, tão diferentes que éramos, nós a amamos da mesma maneira.

Foi longo. Durou sete anos. Começou quando tínhamos dez. Depois tínhamos doze. Depois, treze. Depois, catorze, quinze. Depois, dezesseis, dezessete anos.
    Durou esse tempo todo, sete anos. E então finalmente a esperança foi deixada de lado. Abandonada. Abandonadas também as tentativas contra o oceano. À sombra da varanda olhamos a montanha do Sião, muito escura em pleno sol, quase negra. A mãe enfim calma, fechada em si. Somos filhos heroicos, desesperados.

Meu irmão mais moço morreu em dezembro de 1942, sob a ocupação japonesa. Eu tinha deixado Saigon depois de terminar o secundário, em 1931. Ele me escreveu uma única vez em dez anos. Sem que eu jamais saiba por quê. A letra era convencional, passada a limpo, sem erros, com caligrafia impecável. Dizia que estavam bem, a escola estava indo. Era uma carta comprida, duas páginas cheias. Reconheci sua escrita de criança. Também dizia que tinha um apartamento, um carro, dizia a marca. Que havia retomado o tênis. Que estava bem, que tudo estava bem. Que me abraçava como me amava, bem forte. Não falava da guerra nem de nosso irmão mais velho.

Muitas vezes falo de meus irmãos como um conjunto, como ela fazia, nossa mãe. Digo: meus irmãos, ela também fora da família dizia: meus filhos. Sempre falou da força dos filhos de maneira insultante. Para as pessoas de fora, não dava detalhes, não dizia que o primogênito era muito mais forte que o mais moço, dizia que ele era tão forte quanto seus irmãos, os camponeses do norte. Se orgulhava da força dos filhos como se orgulhava, como se orgulhara da força de seus irmãos. Tal como o primogênito, ela desprezava os fracos. Sobre meu amante de Cholen, falava como o irmão mais velho. Não escrevo essas palavras. Eram palavras parecidas com as carcaças que se encontram nos desertos. Digo: meus irmãos, porque era assim que eu dizia, eu também. Foi só depois que passei a dizer de outra maneira, quando meu irmão mais moço cresceu e se tornou mártir.

* * *

Não só nenhuma festa é celebrada em nossa família, nenhuma árvore de Natal, nenhum lenço bordado, nenhuma flor, nunca. Também nenhum morto, nenhuma sepultura, nenhuma memória. Só ela. O irmão mais velho continuará um assassino. O mais moço morrerá por causa desse irmão. Quanto a mim, fui embora, me desgarrei. Até sua morte, meu irmão mais velho a teve só para si.

Naquela época, de Cholen, da imagem, do amante, minha mãe tem um acesso de loucura. Não sabe nada do que aconteceu em Cholen. Mas vejo que me observa, desconfia de alguma coisa. Ela conhece a filha, essa menina, faz algum tempo que flutua em torno da menina um ar de estranheza, uma reserva, digamos recente, que chama atenção, fala ainda mais devagar do que normalmente, e tão curiosa de tudo agora vive distraída, o olhar mudou, tornou-se espectadora da própria mãe, da infelicidade da mãe, como se assistisse à sua existência. O pavor súbito na vida de minha mãe. A filha corre o maior perigo, o de nunca se casar, nunca se estabelecer na sociedade, ficar desarmada diante dela, perdida, solitária. Nas crises, minha mãe se atira sobre mim, tranca-me no quarto, desfere-me socos, bofetadas, tira minha roupa, aproxima-se de mim, cheira meu corpo, minha roupa de baixo, diz que sente o cheiro do homem chinês, vai além, olha se há manchas suspeitas na roupa íntima e grita, a cidade toda pode ouvir que a filha é uma prostituta, que vai pô-la para fora, que quer vê-la morrer e que ninguém mais vai querê-la, está desonrada, vale menos que uma cadela. E pergunta chorando o que pode fazer a não ser expulsá-la de casa para que não empesteie ainda mais o lugar.

Atrás das paredes do quarto fechado, meu irmão.

Meu irmão responde, diz que ela tem razão em bater na menina, sua voz é macia, íntima, amorosa, diz que é preciso saberem a verdade, a qualquer preço, é preciso saberem para impedir que a menina se perca, para impedir que a mãe se desespere. A mãe bate com toda a força. Meu irmão mais moço grita para a mãe parar. Ele vai para o jardim, se esconde, tem medo que me matem, tem medo, sempre o medo desse desconhecido, nosso irmão mais velho. O medo de meu irmão mais moço acalma minha mãe. Ela chora pelo desastre de sua vida, da filha desonrada. Choro junto com ela. Minto. Juro por minha vida que não me aconteceu nada, nem sequer um beijo. Como você quer, digo eu, com um chinês, como você quer que eu faça alguma coisa com um chinês tão feio, tão raquítico? Sei que meu irmão mais velho está colado à porta, ele escuta, sabe o que minha mãe está fazendo, sabe que a menina está nua, espancada, ele gostaria que aquilo continuasse mais e mais, até o limite do perigo. Minha mãe não ignora a intenção de meu irmão mais velho, obscura, aterrorizante.

* * *

Ainda somos muito pequenos. Periodicamente eclodem batalhas entre meus irmãos, sem razão aparente, exceto a razão clássica do mais velho, que diz ao mais novo: sai daí, você me amola. Diz e já começa a bater. Os dois brigam sem uma palavra, só se ouvem a respiração arfante, as queixas, o som surdo dos golpes. Minha mãe, como sempre, acompanha a cena com uma ópera de gritos.

Eles têm a mesma capacidade de fúria, dessa fúria negra, assassina, que nunca se vê a não ser entre os irmãos, as irmãs, as mães. O mais velho sofre por não praticar livremente o mal, por não comandar o mal, não só aqui, mas em todo lugar. O mais novo, por assistir impotente a esse horror, essa disposição do irmão mais velho.

Quando brigavam, temíamos igualmente pela vida dos dois; a mãe dizia que eles sempre brigavam, nunca tinham brincado juntos nem conversado. Que a única coisa que tinham em comum era ela, a mãe, e principalmente essa irmãzinha, nada mais que o sangue.

Acho que minha mãe só tratava o primogênito por meu filho. Às vezes ela o chamava assim. Dos outros ela dizia: os mais novos.

Não falávamos nada dessas coisas fora de casa, havíamos aprendido, acima de tudo, a calar sobre o principal de nossa vida, a miséria. E depois sobre todo o resto também. Os primeiros confidentes, a palavra parece exagerada, são nossos amantes, nossos encontros fora dos postos, primeiro nas ruas de Saigon, depois nos paquetes, nos trens, e depois em toda parte.

* * *

Minha mãe, isso lhe dá de repente, no fim da tarde, principalmente no tempo da estiagem, manda lavar a casa de cima a baixo, para limpar, diz, para sanear, refrescar. A casa está construída sobre uma plataforma que a isola do jardim, das cobras, dos escorpiões, das formigas vermelhas, das enchentes do Mekong, aquelas que se seguem aos grandes furacões da monção. Essa elevação da casa sobre o terreno permite lavá-la com grandes baldes de água, molhando-a toda como um jardim. Todas as cadeiras ficam em cima das mesas, toda a casa está banhada, o piano da saleta com os pés dentro da água. A água desce pelas escadas, invade o pátio perto das cozinhas. Os criadinhos estão felicíssimos, estamos todos juntos, nos molhamos, e depois o chão é ensaboado com sabão de Marselha. Todo mundo descalço, a mãe também. A mãe ri. A mãe não tem nada a reclamar. A casa inteira perfuma, tem o cheiro delicioso da terra molhada após o temporal, um cheiro que deixa a gente doida de alegria, principalmente quando se mistura com o outro cheiro, o do sabão de Marselha, o da pureza, da honestidade, o dos lençóis, da brancura, o de nossa mãe, da imensidão da candura de nossa mãe. A água desce até a rua. As famílias dos empregados vêm, os amigos dos empregados também, as crianças brancas das casas vizinhas. A mãe está muito feliz com essa desordem, a mãe às vezes consegue ficar muito muito feliz, o tempo de esquecer, o tempo de lavar a casa pode contribuir para a sua felicidade. A mãe vai para a sala, senta-se ao piano, toca as únicas músicas que conhece de cor, que aprendeu na escola normal. Ela canta. Às vezes brinca e ri. Levanta-se e dança cantando. E cada um e ela também, a mãe, pensa que é possível ser feliz nessa casa desfigurada que de repente se torna um tanque, um alagado à beira de um rio, um vau, uma praia.

São os dois filhos mais novos, a menina e o irmão, os primeiros a lembrar. De súbito param de rir e vão ao jardim, onde a noite vem.

No momento em que escrevo, lembro que nosso irmão mais velho não estava em Vinhlong quando se lavava a casa com toda aquela água. Estava na casa de nosso tutor, um padre de aldeia, no Lot-et-Garonne.

Às vezes também dava para rir, mas nunca tanto quanto nós. Esqueço tudo, me esqueço de dizer isso, que éramos crianças risonhas, meu irmão mais moço e eu, ríamos até perder o fôlego, a vida.

Vejo a guerra com as mesmas cores de minha infância. Confundo o tempo da guerra com o reinado de meu irmão mais velho. Certamente também porque é durante a guerra que morre meu irmão mais moço: o coração, como eu já disse, cedeu, desistiu. Meu irmão mais velho acho que não vi nem uma vez durante a guerra. Não me importava mais saber se estava vivo ou morto. Vejo a guerra tal como ele era, espalhando-se por tudo, penetrando em tudo, roubando, aprisionando, presente em toda parte, misturando-se, mesclando-se a tudo, presente no corpo, no pensamento, na vigília, no sono, o tempo todo, presa da paixão inebriante de ocupar o território adorável do corpo da criança, do corpo dos mais fracos, dos povos vencidos, isso porque o mal está ali, à porta, contra a pele.

Voltamos à *garçonnière*. Somos amantes. Não podemos parar de amar.

Às vezes não volto ao pensionato, durmo ao lado dele. Não quero dormir em seus braços, em seu calor, mas durmo no mesmo quarto, na mesma cama. Às vezes falto ao liceu. À noite vamos comer na cidade. Ele me dá banho, me lava, me enxágua, ele adora, ele me maquila e me veste, ele me adora. Sou a preferida de sua vida. Ele vive no terror de que eu encontre outro homem. Já eu não tenho medo de nada parecido, nunca. Ele sente ainda outro medo, não porque sou branca, mas porque sou tão jovem, tão jovem que ele poderia ser preso se descobrissem nossa história. Ele me diz para continuar a mentir para minha mãe e, sobretudo, para meu irmão mais velho, para não dizer nada a ninguém. Continuo a mentir. Rio de seu medo. Digo que somos pobres demais para que a mãe tente processá-lo, que aliás ela perdeu todos os processos que tentou, contra o cadastramento, contra os administradores, contra os governantes, contra a lei, ela não sabe conduzir processos, manter a calma, esperar, continuar a esperar, não consegue, ela grita e perde as chances. Naquele caso seria a mesma coisa, nem vale a pena ter medo.

Marie-Claude Carpenter. Ela era americana, de Boston, se bem me lembro. Os olhos muito claros, cinza-azulados. 1943. Marie-Claude Carpenter era loira. Ligeiramente murcha. Bonita, acho. Com um sorriso meio breve que se fechava muito depressa, desaparecia num átimo. Uma voz que de repente me volta à memória, grave, desafinando um pouco nos agudos. Tinha quarenta e cinco anos, idade já avançada, de fato. Morava no décimo sexto *arrondissement*, perto de Alma. O apartamento era no último e espaçoso andar de um prédio que dava para o Sena. Jantávamos na casa dela no inverno. Ou almoçávamos no verão. As refeições eram encomendadas aos melhores restaurantes de Paris. Sempre decentes, quase, mas só quase insuficientes. Nunca a vimos a não ser em casa, nunca fora. Às vezes estava lá também um mallarmeano. Frequentemente havia ainda um ou dois ou três literatos, vinham uma vez e depois não os víamos mais. Nunca soube onde ela os encontrava, onde os conhecera nem por que os convidava. Nunca ouvi falar de nenhum deles nem de suas obras. As refeições duravam pouco tempo. Falava-se muito da guerra, havia Stalingrado, era o fim do inverno de 1942. Marie-Claude Carpenter ouvia muito, informava-se muito, falava pouco, amiúde se espantava de ignorar tantos acontecimentos, ria. Logo depois de terminar as refeições, ela se desculpava por ter de sair tão rápido, mas tinha coisas a fazer, dizia. Nunca contava o quê. Quando estávamos em número suficiente, continuávamos lá mais uma ou duas horas depois de sua partida. Ela dizia: fiquem quanto quiserem. Em sua ausência, ninguém falava dela. Aliás, acho que ninguém teria sido capaz, pois ninguém a conhecia. Íamos embora, voltávamos para casa sempre com essa sensação de ter passado por uma espécie de pesadelo acordado, de voltar de algumas horas na casa de desconhecidos, na presença de convidados na mesma condição, também desconhecidos, de ter vivido um momento sem nenhum amanhã, sem nenhuma motivação, humana ou outra qualquer. Era como ter cruzado uma terceira fronteira, ter feito uma viagem de trem, ter esperado nas salas de espera dos médicos, nos hotéis, nos aeroportos. No verão, almoçávamos num grande terraço que dava para o Sena e tomávamos o café no jardim que ocupava toda a cobertura do prédio. Havia uma piscina. Ninguém entrava. Olhávamos Paris. As avenidas vazias, o rio, as ruas. Nas ruas vazias, as magnólias em flor. Marie-Claude Carpenter. Eu a olhava muito, quase o tempo todo, ela se sentia incomodada, mas eu não conseguia evitar. Eu a olhava para descobrir, descobrir quem era, Marie-Claude Carpenter. Por que estava ali, não em outro lugar, por que era também de tão longe, de Boston, por que era rica, por que a essa altura ninguém sabia nada dela, ninguém, nada, por que essas recepções como que forçadas, por quê, por que em seus olhos, lá no fundo deles, bem no fundo, essa partícula de morte, por quê? Marie-Claude Carpenter. Por que todos os seus vestidos tinham em comum um não-sei-quê que escapava, que os fazia não inteiramente seus, que denunciava terem envolvido igualmente outro corpo. Vestidos neutros, sóbrios, muito claros, brancos como o verão no coração do inverno.

Betty Fernandez. A memória dos homens nunca se manifesta com essa clareza luminosa que acompanha a memória das mulheres. Betty Fernandez. Estrangeira também. Pronuncio o nome e imediatamente ela surge, está andando numa rua de Paris, é míope, enxerga muito pouco, franze os olhos para reconhecer, cumprimenta com um leve aceno. Bom dia como vai? Morreu já faz muito tempo. Talvez uns trinta anos. Lembro a graça, agora é tarde demais para esquecê-la, nada ainda atingiu sua perfeição, nada atingirá jamais sua perfeição, nem as circunstâncias, nem a época, nem o frio, nem a fome, nem a derrota alemã, nem a plena revelação do crime. Ela sempre passa na rua por sobre a história dessas coisas, por mais terríveis que sejam. Aqui também os olhos são claros. O vestido rosa é antigo, e o chapéu preto de abas muito largas empoeirado ao sol da rua. Ela é esguia, alta, um desenho de nanquim, uma gravura. As pessoas param e olham maravilhadas a elegância dessa estrangeira que passa sem ver. Soberana. Nunca se sabe, à primeira vista, de onde ela vem. E depois se comenta que só pode vir de lá, alhures. Ela é bela, bela por essa circunstância. Veste-se com os trapos velhos da Europa, com o resto dos brocados, os velhos *tailleurs* antiquados, os velhos panos, as velhas combinações, os velhos farrapos da alta-costura, as velhas peles de raposa roídas de traças, as velhas peles de lontra, sua beleza é assim, dilacerada, friorenta, soluçante, no exílio, nada lhe cai bem, tudo fica frouxo demais para ela, e é bonito, ela flutua, muito magra, não se firma em nada e, no entanto, é bonito. De tal forma ela é, no rosto e no corpo, que tudo o que está em contato com ela participa imediatamente, inevitavelmente, dessa beleza.

Ela, Betty Fernandez, recebia em sua casa, tinha um "dia" para receber. Fomos algumas vezes. Um dia estava Drieu la Rochelle. Sofria de um orgulho visível, falava pouco para não condescender, com uma voz como que dublada, numa língua como que traduzida, penosa. Talvez Brasillach também fosse, mas não lembro, sinto muito. Sartre nunca ia. Iam poetas de Montparnasse, mas não lembro mais nenhum nome, mais nada. Não havia alemães. Não se falava de política. Falava-se de literatura. Ramon Fernandez falava de Balzac. Poderíamos ouvi-lo a noite toda. Ele falava com um conhecimento quase totalmente esquecido, do qual não devia restar quase nada capaz de ser confirmado. Dava poucas informações, eram mais conselhos. Falava de Balzac como de si mesmo, como se alguma vez tivesse tentado ser ele também Balzac. Ramon Fernandez era de uma cortesia sublime mesmo no conhecimento, uma maneira ao mesmo tempo essencial e transparente de se servir do saber sem nunca dar a sentir a obrigação, o peso. Uma pessoa sincera. Era sempre uma festa encontrá-lo na rua, no café, ficava feliz de nos ver, e era verdade, nos cumprimentava com todo o prazer. Bom dia como vai? Assim, à inglesa, sem vírgula, com um riso, e durante o tempo desse riso o gracejo encobria a própria guerra, bem como todo o inevitável sofrimento que decorria dela, a Resistência e a Colaboração, a fome e o frio, o martírio e a infâmia. Ela, Betty Fernandez, só falava das pessoas, as que via na rua ou as que conhecia, como estavam passando, as coisas que ainda havia para vender nas vitrines, a distribuição de leite, de peixe, as soluções para remediar a carestia, o frio, a fome constante, ela se atinha aos detalhes práticos da existência, mantinha-se presa a eles, sempre com uma amizade atenta, muito fiel e muito terna. Colaboradores, os Fernandez. E eu, dois anos após a guerra, filiada ao Partido Comunista francês. A equivalência é absoluta e definitiva. É a mesma coisa, a mesma piedade, o mesmo apelo à ajuda, a mesma fraqueza de julgamento, a mesma superstição, digamos, que consiste em acreditar na solução política do problema pessoal. Ela também, Betty Fernandez, olhava as ruas vazias da ocupação alemã, olhava Paris, as praças das magnólias em flor como aquela outra mulher, Marie-Claude Carpenter. Também tinha seus dias de recepção.

 Ele a acompanha ao pensionato, na limusine preta. Para um pouco antes da entrada para não ser visto. É noite. Ela desce, corre, não se vira para ele. Atravessado o portão, ela vê que o grande pátio de recreio ainda está iluminado. Assim que sai do corredor, ela a vê, ela, à sua espera, já preocupada, empertigada, sem sorrir. E lhe pergunta: onde você estava? Ela diz: não voltei ontem à noite. Não diz a razão, e Hélène Lagonelle não pergunta. Ela tira o chapéu rosa e desmancha as tranças para dormir. Também não foi ao liceu. Não. Hélène diz que telefonaram, foi desse jeito que soube, que ela tem de ir ver a inspetora chefe. Há várias moças na sombra do pátio. Todas estão de branco. Há grandes lâmpadas nas árvores. Algumas salas de estudo ainda estão com a luz acesa. Há alunas ainda estudando, outras que ficam nas salas para conversar, jogar baralho ou cantar. Não há horário de dormir para as alunas, faz tanto calor durante o dia que se deixa a noite correr um pouco mais à vontade, como querem as jovens inspetoras. Somos as únicas brancas no pensionato público. Há muitas mestiças, na maioria abandonadas pelo pai, soldado, marinheiro ou pequeno funcionário da alfândega, do correio, das obras públicas. A maior parte vem da assistência social. Há também algumas mulatas. Hélène Lagonelle acha que o governo francês lhes dá instrução para que se tornem enfermeiras nos hospitais ou inspetoras nos orfanatos, nos leprosários, nos manicômios. Hélène Lagonelle acha que são enviadas também para os lazaretos de cólera e peste. É o que acha Hélène Lagonelle, que chora porque não quer nenhum desses serviços e sempre fala em fugir do pensionato.

Fui ver a inspetora de plantão, uma jovem mestiça também, que cuida muito de Hélène e de mim. Ela diz: você não foi ao liceu e não dormiu aqui nesta noite, seremos obrigadas a avisar sua mãe. Digo-lhe que não pude evitar, mas que a partir de agora tentarei voltar todas as noites para dormir no pensionato, que não vale a pena avisar minha mãe. A jovem inspetora me olha e sorri.

Recomeçarei. Minha mãe será avisada. Virá ver a diretora do pensionato e lhe pedirá que me deixe livre à tarde, que não controle meu horário de retorno, que não me obrigue mais a acompanhar as pensionistas no passeio de domingo. Diz: é uma menina que sempre foi livre, de outro modo ela fugiria, eu mesma, a mãe dela, não posso nada contra isso, se quiser protegê-la preciso deixá-la em liberdade. A diretora concordou porque sou branca, e para a reputação do pensionato é bom que haja algumas brancas entre a massa das mestiças. Minha mãe disse também que eu ia bem no liceu na medida em que era livre e que o que acontecera com seus filhos era tão terrível, tão grave, que os estudos da menina eram a última esperança que lhe restava.

A diretora deixou que eu usasse o pensionato como um hotel.

Logo vou ter um diamante no anular direito. Então as inspetoras não me passarão mais reprimendas. Certamente suspeitarão que não estou noiva, mas o diamante vale muito, ninguém irá duvidar que é autêntico e ninguém mais dirá nada por causa do valor desse diamante dado a essa mocinha tão nova.

Volto para junto de Hélène Lagonelle. Ela está deitada num banco e chora porque acha que vou deixar o pensionato. Sento-me no banco. Estou extenuada pela beleza do corpo de Hélène Lagonelle deitado junto a mim. Esse corpo é sublime, livre sob o vestido, ao alcance da mão. Os seios, nunca vi nada igual. Nunca toquei neles. Ela, Hélène Lagonelle, é impudica, ela não se dá conta, passeia nua pelos dormitórios. O que há de mais belo entre todas as coisas criadas por Deus é esse corpo de Hélène Lagonelle, incomparável, esse equilíbrio entre a estatura e o modo como o corpo sustenta os seios, à frente dele, como coisas separadas. Não existe nada mais extraordinário do que esse arredondamento visível dos seios salientes, essa exterioridade ao alcance das mãos. Mesmo o corpo de pequeno cule de meu irmão mais novo desaparece diante desse esplendor. Os corpos dos homens têm formas avaras, interiorizadas. E elas não decaem como as de Hélène Lagonelle, estas nunca duram, no máximo talvez um verão, e só. Ela, Hélène Lagonelle, vem dos planaltos de Dalat. Seu pai é funcionário do correio. Ela chegou em pleno ano letivo, faz pouco tempo. Sente medo, fica ao seu lado, fica ali sem dizer nada e quase sempre chora. Ela tem a pele rosada e morena da montanha, é sempre inconfundível, aqui, onde todas as meninas têm a palidez esverdeada da anemia, do calor tórrido. Hélène Lagonelle não vai ao liceu. Ela não consegue ir à escola, Hélène L. Não aprende, não absorve. Frequenta os cursos primários do pensionato, mas não adianta nada. Ela chora apoiada em meu corpo, e eu acaricio seus cabelos, suas mãos, digo que ficarei com ela no pensionato. Hélène L. não sabe que é belíssima. Seus pais não sabem o que fazer, querem casá-la o mais rápido possível. Ela poderia ter todos os noivos que quisesse, Hélène Lagonelle, mas não quer, não quer se casar, quer voltar para a mãe. Ela. Hélène L. Hélène Lagonelle. Acabará fazendo o que a mãe quer. Ela é muito mais bonita do que eu, do que esta aqui com chapéu de palhaço, sapatos de lamê, infinitamente mais casável do que ela, Hélène Lagonelle pode ser levada ao casamento, podem estabelecê-la na vida conjugal, assustá-la, explicar-lhe o que a assusta e que ela não entende, ordenar-lhe que fique ali, que espere.

Ela, Hélène Lagonelle, não sabe ainda o que eu sei. E, no entanto, tem dezessete anos. É como se eu adivinhasse, ela jamais vai saber o que eu sei.

O corpo de Hélène Lagonelle é pesado, ainda inocente, sua pele é tão suave, como a de alguns frutos, que quase passa despercebida, um pouco ilusória, excessiva. Hélène Lagonelle, dá vontade de matá-la, ela faz despertar o sonho maravilhoso de matá-la com as próprias mãos. Essas formas de farinha finíssima, ela porta sem saber, mostra essas coisas para mãos que querem apertá-las, para a boca que quer comê-las, sem retê-las, sem ter conhecimento delas, sem ter conhecimento de seu fabuloso poder. Eu queria comer os seios de Hélène Lagonelle como ele come os meus no quarto do bairro chinês aonde vou todas as noites aprofundar o conhecimento de Deus. Ser devorada com esses seios de finíssima farinha que são os dela.

* * *

Estou extenuada de desejo por Hélène Lagonelle.
Estou extenuada de desejo.

Quero te levar comigo, Hélène Lagonelle, lá onde toda noite, os olhos fechados, faço que me deem o gozo que faz gritar. Queria dar Hélène Lagonelle a esse homem que faz isso em mim para que ele faça nela. Isso na minha presença, que ela o faça segundo o meu desejo, que ela se dê onde eu me dou. Seria pelo desvio do corpo de Hélène Lagonelle, pela transversal de seu corpo que viria o gozo que ele me dá, agora definitivo.
De morrer.

Para mim, ela tem a mesma carne desse homem de Cholen, mas num presente irradiante, solar, inocente, numa eclosão repetida de si mesma, a cada gesto, a cada lágrima, a cada uma de suas falhas, a cada uma de suas ignorâncias. Hélène Lagonelle, ela é a mulher desse artesão que me torna o gozo tão abstrato, tão duro, esse homem obscuro de Cholen, da China. Hélène Lagonelle é da China.
Não esqueci Hélène Lagonelle. Não esqueci esse artesão. Quando parti, quando o deixei, fiquei dois anos sem me aproximar de nenhum outro homem. Mas essa misteriosa fidelidade devia ser para comigo mesma.

* * *

Ainda estou nessa família, é nela que vivo à exclusão de qualquer outro lugar. É em sua aridez, sua terrível dureza, sua maldade que me sinto mais profundamente segura de mim mesma, no mais fundo de minha certeza essencial, do que mais tarde vou escrever.

É lá o lugar ao qual vou me prender mais tarde, depois de abandonar o presente, à exclusão de qualquer outro lugar. As horas que passo na *garçonnière* de Cholen mostram aquele lugar sob uma luz fresca e nova. É um lugar irrespirável, beira a morte, um lugar de violência, de dor, de desespero, de desonra. E tal é o lugar de Cholen. Do outro lado do rio. Uma vez atravessado o rio.

Não sei o que aconteceu com Hélène Lagonelle, se morreu. Foi ela a primeira a deixar o pensionato, muito antes de minha partida para a França. Ela voltou para Dalat. Foi a mãe que pediu que voltasse para Dalat. Se bem me lembro, era para se casar, ela devia conhecer um recém--chegado da metrópole. Talvez eu me engane e esteja confundindo o que achava que ia acontecer com Hélène Lagonelle e essa partida compulsória exigida por sua mãe.

* * *

Deixem-me dizer também o que era, como era. O seguinte: ele rouba os criados para fumar ópio. Rouba nossa mãe. Vasculha os armários. Rouba. Joga. Meu pai havia comprado uma casa no Entre-Deux-Mers antes de morrer. Era nosso único patrimônio. Ele joga. Minha mãe vende a casa para pagar as dívidas. Não é suficiente, nunca é suficiente. Quando jovem, ele tenta me vender a clientes da Coupole. É por ele que minha mãe ainda quer viver, para que ele continue a comer, a dormir aquecido, a ouvi-la chamar seu nome. E a propriedade que ela lhe comprou em Amboise, dez anos de economias. Hipotecada em uma noite. Ela paga os juros. E todo o produto da derrubada dos bosques que comentei. Em uma noite. Ele roubou minha mãe à beira da morte. Era uma pessoa que vasculhava os armários, tinha faro, sabia procurar bem, encontrar as pilhas certas de lençóis, os esconderijos. Roubou as alianças, essas coisas, muitas, as joias, a comida. Roubou Dô, os criados, meu irmão mais moço. Eu, muito. Venderia a própria mãe, ela, a mãe. Quando ela morre, ele chama imediatamente o tabelião, na emoção da morte. Sabe aproveitar a emoção da morte. O tabelião diz que o testamento não é válido. Que ela favoreceu excessivamente o primogênito em meu detrimento. A diferença é enorme, absurda. Eu devo aceitar ou recusar com pleno conhecimento de causa. Certifico minha aceitação: assino. Aceitei. Meu irmão, olhos baixos, obrigado. Ele chora. Na emoção da morte de nossa mãe. Ele é sincero. Com a libertação de Paris, perseguido certamente por episódios colaboracionistas no sul, ele não tem mais para onde ir. Vem para minha casa. Eu nunca soube direito, ele está fugindo de algum perigo. Talvez tenha entregado pessoas, judeus, tudo é possível. Está muito doce e afetuoso, como sempre após seus assassinatos ou quando precisa de favores dos outros. Meu marido está deportado. Ele se compadece. Fica três dias. Esqueci, quando saio não fecho nada. Ele vasculha. Guardo para a volta de meu marido meus tíquetes de arroz e açúcar. Ele vasculha e pega. Vasculha também um armarinho em meu quarto. Encontra. Pega todas as minhas economias, cinquenta mil francos. Não deixa sequer um bilhete. Sai do apartamento com tudo o que roubou. Quando torno a encontrá-lo, não comento o assunto, a vergonha para ele é tão grande que eu não seria capaz. Depois do falso testamento, o falso castelo Luís XIV é vendido por um bocado de pão. A venda é uma fraude, tal como o testamento.

Após a morte de minha mãe, ele fica só. Não tem amigos, nunca teve amigos, teve algumas mulheres que obrigava a "trabalhar" em Montparnasse, algumas mulheres que não obrigava a trabalhar, pelo menos no começo, alguns homens, mas estes pagavam a ele. Vivia em grande solidão. A solidão aumentou com a velhice. Não passava de um vagabundo, suas causas eram mesquinhas. Ele criou medo ao redor de si, não além. Conosco ele perdeu seu verdadeiro império. Não era bandido, era um vagabundo de família, ladrão de armários, um assassino sem armas. Ele não se comprometia. Os vagabundos vivem como ele vivia, sem solidariedade, sem grandeza, com medo. Ele tinha medo. Após a morte de minha mãe, ele leva uma vida estranha. Em Tours. Conhece apenas os garçons de bar para as "barbadas" das corridas e a clientela embriagada das salinhas de pôquer nos fundos. Começa a se parecer com eles, bebe muito, fica com os olhos injetados e a boca suja. Em Tours não tem mais nada. As duas propriedades liquidadas, mais nada. Por um ano mora num guarda-móveis alugado por minha mãe. Por um ano dorme numa poltrona. Deixam-no entrar. Ficar lá por um ano. E depois é posto para fora.

Durante um ano deve ter alimentado a esperança de recuperar a propriedade hipotecada. Jogou todos os móveis de minha mãe que estavam no guarda-móveis, um por um, os budas de bronze, as peças de cobre e depois as camas, depois os armários, depois os lençóis. E depois um dia não havia mais nada, e assim acontece, um dia ele tem apenas a roupa do corpo, mais nada, nem um lençol, nem uma coberta. Está sozinho. Durante um ano ninguém lhe abriu a porta. Ele escreve a um primo em Paris. Terá um quarto na firma em Malesherbes. E com mais de cinquenta anos terá seu primeiro emprego, o primeiro salário de sua vida, como vigia numa empresa de seguros marítimos. Isso durou, acho, quinze anos. Foi para o hospital. Não morreu lá. Morreu em seu quarto.

Minha mãe nunca falou desse filho. Nunca se queixou dele. Nunca falou do ladrão de armários para ninguém. Essa maternidade foi como um delito. Ela a guardava escondida. Devia achar incompreensível, incomunicável a quem não conhecesse seu filho como ela conhecia, perante Deus e apenas perante Ele. Dizia pequenas banalidades, sempre as mesmas. Que, se ele quisesse, teria sido o mais inteligente dos três. O mais "artista". O mais fino. E também o que mais amara a mãe. Ele, em suma, era o que a compreendia melhor. Eu não sabia, dizia ela, que se podia esperar isso de um rapaz, tanta intuição, uma ternura tão profunda.

Revimo-nos uma vez, ele me falou de nosso irmão morto. Disse: que horror essa morte, é abominável, nosso irmãozinho, nosso pequeno Paulo.

Resta esta imagem do nosso parentesco: uma refeição em Sadec. Estamos os três comendo à mesa da sala de jantar. Eles têm dezessete, dezoito anos. Minha mãe não está conosco. Ele fica nos olhando comer, meu irmão mais moço e eu, então pousa o garfo, olha apenas o mais novo. Olha muito longamente e depois de repente diz, com toda a calma, alguma coisa terrível. A frase é sobre a comida. Ele lhe diz que preste atenção, que não deve comer tanto. O outro não responde nada. Ele continua. Lembra que os pedaços grandes de carne são para ele, que não se esqueça disso. Nem pense, diz. Eu pergunto: por que para você? Ele diz: porque sim. Eu digo: queria que você morresse. Não consigo mais comer. Meu irmão mais moço também não. Ele espera que o mais novo ouse dizer uma palavra, uma única palavra, os punhos cerrados já prontos sobre a mesa para esmagar-lhe o rosto. O mais novo não diz nada. Está muito pálido. Entre os cílios o início das lágrimas.

* * *

Ele morre num dia nublado. Primavera, acho, abril. Recebo um telefonema. Nada, não me dizem mais nada, foi encontrado morto, no chão, em seu quarto. A morte tinha se antecipado ao fim de sua história. Quando vivo, já estava acabado, era tarde demais para morrer, estava acabado desde a morte do mais novo. As palavras esmagadoras: está tudo consumado.

Ela pediu que esse filho fosse enterrado junto dela. Não sei mais em que lugar, em que cemitério, sei que é no Loire. Estão os dois juntos no túmulo. Só os dois. É justo. A imagem é de um esplendor intolerável.

O crepúsculo caía à mesma hora durante o ano todo. Era muito rápido, quase brutal. Na estação das chuvas, durante semanas, não se via o céu, tomado por uma cerração uniforme que nem mesmo o luar conseguia romper. Na estação da seca, pelo contrário, o céu era limpo, totalmente aberto, cru. Mesmo as noites sem luar eram iluminadas. E as sombras se desenhavam igualmente no solo, na água, nos caminhos, nas paredes.

Não me lembro bem dos dias. A claridade solar embaçava as cores, esmagando-as. Das noites eu me lembro. O azul ficava além do céu, ficava atrás de todas as densidades, recobria o fundo do mundo. O céu, para mim, era esse rastro de puro brilho que atravessa o azul, essa fusão fria para além de toda cor. Por vezes, em Vinhlong, quando minha mãe estava triste, mandava atrelar o tílburi e íamos ao campo ver a noite do estio. Tive essa sorte, nessas noites, essa mãe. A luz caía do céu em cascatas de pura transparência, em trombas de silêncio e imobilidade. O ar era azul, podia-se apalpá-lo. Azul. O céu era aquela palpitação contínua do brilho da luz. A noite iluminava tudo, todo o campo das duas margens do rio a perder de vista. Cada noite era especial, cada uma era o próprio tempo de sua duração. O som das noites era o dos cães do campo. Uivavam para o mistério. Respondiam de aldeia em aldeia, até a consumação total do espaço e do tempo da noite.

Nas aleias do pátio, as sombras das caneleiras são traços de tinta preta. O jardim inteiramente congelado numa imobilidade de mármore. A casa também, monumental, fúnebre. E meu irmão mais moço, que andava a meu lado e agora olha com insistência rumo ao portão aberto para a avenida deserta.

Um dia ele não aparece na frente do liceu. O motorista está sozinho no carro preto. Diz que o pai está doente, que o patrãozinho voltou para Sadec. Que ele, o motorista, recebeu ordem de ficar em Saigon para me levar ao liceu, me conduzir de volta ao pensionato. O patrãozinho voltou depois de alguns dias. Estava de novo no banco traseiro do carro preto, o rosto virado para não ver os olhares, sempre com medo. Nos beijamos, sem uma palavra, nos beijamos, ali, esquecidos, na frente do liceu, nos beijamos. Durante o amor, ele chorava. O pai ainda viveria. Sua última esperança tinha ido embora. Ele lhe pedira. Tinha suplicado que o deixasse ainda me conservar junto a seu corpo, dissera que ele devia entender, que ele próprio devia ter vivido pelo menos uma vez uma paixão como essa no curso de sua longa vida, que era impossível que tivesse sido de outra maneira, implorara que agora lhe permitisse viver, uma vez, uma paixão assim, aquela loucura, aquele amor louco pela mocinha branca, pedira que lhe desse tempo de continuar a amá-la antes de mandá-la para a França, que a deixasse ficar mais um pouco, mais um ano talvez, porque não lhe era possível abandonar já esse amor, era novo demais, ainda forte demais, ainda excessivo em sua violência nascente, por ora era assustador demais se separar do corpo dela, e além disso ele sabia, ele o pai, que aquilo nunca mais aconteceria de novo.

O pai havia repetido que preferia vê-lo morto.

Nos banhamos juntos com a água fresca das jarras, nos beijamos, choramos, e o gozo desta vez foi ainda de morrer, mas agora já inconsolável. Depois eu lhe falei. Disse que não lamentasse, lembrei-lhe o que ele havia dito, que eu partiria de qualquer modo, que não era capaz de responder por minha conduta. Ele disse que nem isso agora lhe importava mais, que tudo o ultrapassava. Então eu lhe disse que era da mesma opinião que o pai dele. Que me recusava a ficar com ele. Não expliquei os motivos.

É uma das longas avenidas de Vinhlong que termina no Mekong. É uma avenida sempre deserta à noite. Nessa noite, como em quase todas, há uma queda de energia. Tudo começa aí. Quando chego à avenida, quando o portão está fechado às minhas costas, vem a queda de energia. Eu corro. Corro porque tenho medo do escuro. Corro cada vez mais depressa. E de repente creio ouvir outra corrida atrás de mim. E tenho certeza de que alguém está correndo em meu encalço. Correndo, eu me viro e vejo. É uma mulher muito alta, muito magra, magra como a morte e que ri e corre. Está descalça, corre atrás de mim para me pegar. Eu a reconheço, é a louca do posto, a louca de Vinhlong. Pela primeira vez eu a ouço, ela fala de noite, de dia dorme, muitas vezes ali, naquela avenida, na frente do jardim. Ela corre gritando numa língua que eu não conheço. O medo é tanto que não consigo pedir socorro. Devo ter oito anos. Ouço seu riso ululante e seus gritos de alegria, com certeza ela deve se divertir comigo. Só me lembro de um medo central. Dizer que esse medo ultrapassa meu entendimento, minha força, é pouco. O que pode expressá-lo é a lembrança dessa certeza de que sou puro medo, medo de que, se a mulher me tocar, mesmo de leve, com a mão, passarei para um estado bem pior que o da morte, o estado da loucura. Alcanço o jardim dos vizinhos, a casa, subo os degraus e caio na porta de entrada.

Durante vários dias seguidos não consegui contar nada do que me aconteceu.

Mesmo crescida ainda tenho medo de que se agrave um estado de minha mãe – ainda não dou nome a esse estado –, o que a colocaria na contingência de ser separada dos filhos. Acho que eu é que terei de saber que esse dia chegou, não meus irmãos, porque meus irmãos não saberiam avaliar esse estado.

Foi alguns meses antes de nossa separação definitiva, era em Saigon, tarde da noite, estávamos no grande terraço da casa da rua Testard. Dô estava lá. Olhei minha mãe. Mal a reconheci. E depois, numa espécie de desfalecimento súbito, de queda, brutalmente não a reconheci mais de jeito nenhum. De repente havia ali, a meu lado, uma pessoa sentada no lugar de minha mãe, não era ela, tinha o mesmo aspecto, mas nunca havia sido minha mãe. Tinha um ar levemente entorpecido, olhava para o parque, certo ponto do parque, parecia espreitar a chegada de um acontecimento que eu não percebia. Havia nela uma juventude nos traços, no olhar, uma felicidade que ela reprimia devido a um pudor que lhe devia ser costumeiro. Estava linda. Dô estava a seu lado. Dô parecia não ter notado nada. O pavoroso não era isso que estou dizendo dela, seus traços, seu ar de felicidade, sua beleza, não, o pavoroso era que ela estava sentada ali onde estivera sentada minha mãe quando ocorreu a substituição, que eu sabia que ninguém estava ali a não ser ela mesma, mas que justamente essa identidade insubstituível havia desaparecido e eu não tinha meios de fazer que voltasse, que começasse a voltar. Nada mais se apresentava para habitar aquela imagem. Enlouqueci na plena posse da razão. O tempo de gritar. Gritei. Um grito débil, um pedido de ajuda para romper esse gelo sob o qual toda a cena se congelava mortalmente. Minha mãe voltou a si.

Povoei toda a cidade com aquela mendiga da avenida. Todas as mendigas das cidades, dos arrozais, das estradas que bordejavam o Sião, das margens do Mekong, povoei com aquela mendiga que havia me assustado. Ela vem de toda parte. Chega a Calcutá, de onde quer que venha. Sempre dorme à sombra das caneleiras no pátio do recreio. Minha mãe está sempre ali, perto dela, cuidando de seu pé roído pelos vermes, coberto de moscas.

Ao lado, a menina da história. Ela a carrega por dois mil quilômetros. Não a quer mais, ela a entrega, tome, pegue. Chega de filhos. Sem filhos. Todos mortos ou abandonados, no fim da vida acaba se formando uma multidão. Esta que dorme sob as caneleiras ainda não morreu. Ela é que viverá por mais tempo. Morrerá dentro de casa, com vestido rendado. Será pranteada.

Ela está nos taludes dos arrozais que margeiam a pista, grita e ri a plenos pulmões. Tem um riso de ouro, de despertar os mortos, de despertar quem quer que ouça o riso das crianças. Fica dias e dias na frente do bangalô, há brancos no bangalô, ela lembra, eles dão de comer aos mendigos. E aí um dia ela acorda de madrugada e se põe a andar, um dia ela parte, sabe lá por quê, dobra rumo à montanha, atravessa a floresta e segue as sendas que correm ao longo das cristas da cordilheira do Sião. De tanto ver, talvez, de tanto ver um céu amarelo e verde do outro lado da planície, ela atravessa. Começa a descer para o mar, para o fim. Ela percorre com seu passo largo e magro as encostas da floresta. Atravessa, atravessa. São as florestas pestilentas. As regiões muito quentes. Não há o vento saudável do mar. Há o zumbir estagnado dos mosquitos, as crianças mortas, a chuva todos os dias. E depois os deltas. Os maiores do mundo. De lodo preto. Seguem para Chittagong. Ela deixou as trilhas, as florestas, as rotas do chá, os sóis vermelhos, percorre a abertura dos deltas à sua frente. Toma a direção do giro terrestre, sempre distante, envolvente, o leste. Um dia se vê diante do mar. Ela grita, ri com seu milagroso gorjeio de pássaro. Com o riso, ela encontra em Chittagong uma balsa de junco que a leva, os pescadores querem pegá-la, ela tem companhia para atravessar o golfo de Bengala.

Então começam, em seguida começam a vê-la perto dos depósitos de lixo nos arredores de Calcutá.

Depois a perdem de vista. Depois a reencontram. Ela está atrás da embaixada da França nessa mesma cidade. Dorme num parque, saciada por um alimento infinito.

Fica lá durante a noite. E no Ganges ao amanhecer. Sempre risonha e zombeteira. Não vai embora. Aqui come, aqui dorme, a noite é calma, ela fica lá, no parque dos loureiros-rosa.

Um dia eu chego, passo por lá. Estou com dezessete anos. É o bairro inglês, os parques das embaixadas, época da monção, as quadras de tênis desertas. Ao longo do Ganges, os leprosos riem.

Fizemos escala em Calcutá. Uma pane no paquete. Visitamos a cidade para passar o tempo. Partimos na noite seguinte.

Quinze anos e meio. A coisa logo se espalha no posto de Sadec. Só a roupa já mostraria a desonra. A mãe não tem noção de nada, nem de como criar uma filha. A pobre menina. Não acreditem nisso, esse chapéu não é inocente, nem esse batom na boca, tudo isso significa alguma coisa, não é inocente, quer dizer, é para atrair os olhares, o dinheiro. Os irmãos, uns vagabundos. Dizem que é um chinês, o filho do milionário, a mansão do Mekong, com cerâmicas azuis. Em vez de se sentir honrado, nem ele quer isso para o filho. Família de vagabundos brancos.

A Dama, como diziam, vinha de Savannakhet. O marido nomeado para Vinhlong. Durante um ano ela não foi vista em Vinhlong. Por causa daquele rapaz, vice-administrador em Savannakhet. Não podiam mais se amar. Então ele se matou com um tiro de revólver. A história chegou ao novo posto de Vinhlong. No dia de sua partida de Savannakhet para Vinhlong, uma bala no coração. Na grande praça do posto, em pleno sol. Por causa de suas filhas e do marido nomeado para Vinhlong, ela havia dito a ele que tinham que parar com aquilo.

Isso se passa no malvisto bairro de Cholen, todas as noites. Todas as noites essa pequena depravada vai deixar que um chinês milionário sujo acaricie seu corpo. Ela também está no liceu onde estudam as meninas brancas, as desportistas brancas que aprendem *crawl* na piscina do Clube Esportivo. Um dia receberão ordens de não falar mais com a filha da professora de Sadec.

Durante o recreio, ela olha para a rua, sozinha, encostada numa coluna do pátio. Não conta nada disso à mãe. Continua a ir às aulas na limusine preta do chinês de Cholen. Elas a veem partir. Não haverá nenhuma exceção. Ninguém mais vai lhe dirigir a palavra. Esse isolamento lhe traz a lembrança viva da dama de Vinhlong. Naquele momento, ela acabava de fazer trinta e oito anos. A menina, dez anos. E depois, agora, dezesseis anos no momento da recordação.

A dama está no terraço de seu quarto, olha as avenidas ao longo do Mekong, vejo-a quando volto do catecismo com meu irmão mais moço. O quarto fica no centro de um grande palácio com terraços cobertos, o palácio fica no centro do parque de palmeiras e loureiros-rosa. A mesma diferença separa a dama e a moça de chapéu masculino das outras pessoas do posto. Tal como olham ambas as longas avenidas dos rios, são ambas iguais. Isoladas, as duas. Sozinhas, rainhas. A desgraça evidente. Ambas votadas ao descrédito pela natureza do corpo que têm, acariciado por amantes, beijado pela boca deles, entregues à infâmia de um gozo de morrer, dizem elas, de morrer dessa morte misteriosa dos amantes sem amor. É disso que se trata, dessa disposição de morrer. Emana delas, de seus quartos, essa morte tão forte que sua existência é sabida na cidade inteira, nos postos do interior, nos postos centrais, nas recepções, nos apáticos bailes das administrações-gerais.

A dama acaba justamente de retomar essas recepções oficiais, acha que terminou, que o rapaz de Savannakhet caiu no esquecimento. Então ela retoma seus saraus, aos quais comparece para, apesar de tudo, poder ver as pessoas, de tempos em tempos, e de tempos em tempos também sair da solidão assustadora em que vivem os postos do interior perdidos nos extensos quadriláteros do arroz, do medo, da loucura, das febres, do olvido.

À noite, na saída do liceu, a mesma limusine preta, o mesmo chapéu insolente e infantil, os mesmos sapatos dourados, e ela, ela vai, ela vai permitir que o milionário chinês lhe descubra o corpo, ele irá banhá-la no chuveiro, longamente, como toda noite ela fazia na casa da mãe com a água fresca de uma jarra que ele guarda para ela, e depois irá levá-la molhada para a cama, ligará o ventilador e a beijará mais e mais, por todo o corpo, e ela pedirá sempre mais e mais, e depois ela voltará ao pensionato, e ninguém para puni-la, bater, desfigurar, insultar.

Foi no fim da noite que ele se matou, na grande praça do posto cintilante de luz. Ela dançava. Depois veio o dia. Contornou o corpo. Depois, passado algum tempo, o sol havia esmagado a forma. Ninguém ousou se aproximar. A polícia o fará. Ao meio-dia, após a chegada das chalupas para a viagem, não haverá mais nada. A praça estará limpa.

Minha mãe disse à diretora do pensionato: isso não é nada, nada disso importa, você viu? viu esses vestidinhos surrados, o chapéu rosa e os sapatos dourados, como caem bem nela? A mãe fica eufórica quando fala dos filhos, e então seu encanto aumenta ainda mais. As jovens inspetoras do pensionato ouvem apaixonadamente a mãe. Todos, diz a mãe, todos gravitam em torno dela, todos os homens do posto, casados ou não, gravitam em torno disso, querem essa menina, essa coisa, ainda não muito definida, vejam, ainda uma criança. Desonrada, dizem as pessoas? Pois eu, eu digo: como é possível desonrar a inocência?

A mãe fala, fala. Fala da prostituição flagrante e ri, do escândalo, dessa palhaçada, desse chapéu esquisito, dessa elegância sublime da menina da travessia do rio, e ri dessa coisa irresistível aqui nas colônias francesas, eu falo, diz ela, dessa pele de branca, dessa menina que até então estava escondida nos postos do interior e que de repente surge às claras na cidade e se mete, à vista de todos, com aquele rebotalho de ricaço chinês, diamante no dedo como uma jovem banqueira, e chora.

Quando viu o diamante, ela disse, numa voz débil: isso me lembra um pequeno solitário que ganhei no noivado com meu primeiro marido. Digo: o senhor Obscuro. Rimos. Era o nome dele, diz ela, e no entanto é verdade.

Nós nos olhamos longamente e depois ela esboçou um sorriso muito suave, levemente irônico, marcado por um conhecimento tão profundo de seus filhos e do que os aguardaria mais tarde que quase lhe falei de Cholen.

Não falei. Nunca falei.

Ela esperou muito tempo antes de falar de novo, depois falou, com muito amor: você sabe que acabou, que você nunca mais poderá se casar aqui na colônia? Dou de ombros, rio. Digo: posso me casar em qualquer lugar, quando quiser. Minha mãe acena que não. Não. Ela diz: aqui se sabe de tudo, aqui você não consegue mais. Ela me olha e diz as coisas inesquecíveis: eles gostam de você? Respondo: é isso, eles gostam de mim mesmo assim. É então que ela diz: eles gostam de você também por você ser o que é.

Ela ainda me pergunta: é só pelo dinheiro que você se encontra com ele? Hesito e depois digo que é só pelo dinheiro. Ela ainda me olha longamente, não acredita em mim. Diz: eu não era como você, tive mais dificuldade nos estudos e era muito séria, fui séria tempo demais, até ser tarde demais, perdi o gosto pelo prazer.

Era um dia de folga em Sadec. Ela descansava numa cadeira de balanço, os pés numa banqueta, tinha aberto as portas do salão e da sala de jantar para fazer correnteza. Estava pacífica, nenhuma irritação. De repente tinha visto sua menina, sentira vontade de falar com ela.

Não estávamos longe do fim, do abandono das terras da barragem. Não estava longe a partida para a França.

Fiquei olhando enquanto ela adormecia.

De vez em quando minha mãe decreta: amanhã vamos ao fotógrafo. Reclama do preço, mas mesmo assim paga as fotos de família. As fotos, olhamos, não a nós mesmos nas fotos, mas as próprias fotografias, cada uma separadamente, sem nenhum comentário, mas olhamos e nos vemos. Vemos os outros membros da família, um a um ou reunidos. Nos revemos bem pequeninos nas fotos antigas e como somos agora, nas fotos recentes. A separação entre nós aumentou ainda mais. Depois de vistas, as fotos são arrumadas junto com as roupas de cama nos armários. Minha mãe manda tirar fotos nossas para poder nos ver, para ver se crescemos normalmente. Ela nos olha com vagar como outras mães olham outros filhos. Compara as fotos, comenta o crescimento de cada um. Ninguém responde.

Minha mãe só manda fotografar os filhos. Nada mais, nunca. Não tenho fotos de Vinhlong, nenhuma, do jardim, do rio, das avenidas retas ladeadas pelos tamarindeiros da conquista francesa, nenhuma, da casa, de nossos quartos caiados, que parecem de asilo, com as grandes camas de ferro pretas e douradas, iluminados como salas de aula com as lâmpadas avermelhadas das avenidas, os abajures de metal verde, nenhuma, nenhuma imagem desses lugares inacreditáveis, sempre provisórios, mais do que feios, de sair correndo, onde minha mãe acampava esperando, ela dizia, se instalar de verdade, mas na França, naquelas regiões que ela mencionou a vida toda e que se situavam, dependendo do humor, da idade, da tristeza, entre Pas-de--Calais e Entre-Deux-Mers. Quando parar definitivamente, quando se instalar no Loire, seu quarto será a réplica do quarto de Sadec, terrível. Ela terá esquecido.

Ela nunca tirava fotos de lugares, de paisagens, de nada além de nós, os filhos, e na maioria das vezes ficávamos agrupados para que a foto saísse mais em conta. Nossas poucas fotos tiradas por amadores foram feitas por amigos de minha mãe, novos colegas chegando à colônia que tiravam retratos da paisagem equatorial, coqueiros e cules, para mandar para a família.

Misteriosamente, minha mãe mostra as fotos de seus filhos à família durante suas licenças. Não queremos entrar nessa família. Meus irmãos nunca a conheceram. Eu, a caçula, primeiro ela me arrastava até lá. Depois não fui mais, porque minhas tias, por causa de minha conduta escandalosa, não queriam que suas filhas me vissem. Então só lhe restam as fotos para mostrar, e minha mãe mostra, logicamente, razoavelmente, mostra os filhos que tem para as primas de primeiro grau. Ela tem de fazer, então faz, o que lhe resta da família são as primas, então ela lhes mostra as fotos da família. Dá para perceber alguma coisa dessa mulher nesse seu jeito de ser? Nessa disposição que ela tem de ir até o fundo das coisas sem nunca imaginar que poderia abandonar, deixar de lado, as primas, a dor, a maçada? Acho que sim. É nessa valentia única, absurda, que encontro a graça profunda.

Quando envelheceu, ficou com os cabelos brancos, ela também foi ao fotógrafo, foi sozinha, para ser fotografada com seu belo vestido vermelho-escuro e suas duas joias, o colar comprido e o broche de ouro e jade, uma pequena peça de jade incrustada em ouro. Na foto ela está bem penteada, não tem nenhuma ruga, uma imagem. Os nativos abastados também iam ao fotógrafo, uma vez na vida, quando percebiam que se aproximava a morte. As fotos eram grandes, todas do mesmo formato, emolduradas em belos quadros dourados e penduradas junto do altar dos antepassados. Todas as pessoas fotografadas, vi muitas, pareciam quase a mesma foto, a semelhança era alucinante. Não só porque a velhice é parecida em todos, mas porque os retratos eram retocados, sempre e de tal forma que as particularidades do rosto, se ainda restavam, eram atenuadas. Os rostos eram preparados da mesma maneira para enfrentar a eternidade, eram apagados e uniformemente rejuvenescidos. Era o que as pessoas queriam. Essa semelhança – essa discrição – devia envolver a lembrança de sua passagem pela família, atestar a singularidade e ao mesmo tempo a efetividade dessa passagem. Quanto mais se assemelhavam, mais se patenteava pertencerem à família. Além disso, todos os homens tinham o mesmo turbante, as mulheres o mesmo coque, os mesmos penteados puxados, os homens e as mulheres a mesma túnica de gola reta. Todos tinham o mesmo ar que eu ainda reconheceria entre todos os outros. E esse ar que minha mãe tinha na fotografia do vestido vermelho era o mesmo ar deles, aquele ar nobre, diriam alguns, apagado, diriam outros.

Nunca mais falam disso. Está assente que ele não tentará mais nada com seu pai para se casar com ela. Que o pai não terá nenhuma piedade com o filho. Não tem com ninguém. Entre todos os imigrantes chineses que detêm nas mãos o comércio do posto, o dos terraços azuis é o mais terrível, o mais rico, aquele cujos bens mais se estendem além de Sadec, até Cholen, a capital chinesa da Indochina francesa. O homem de Cholen sabe que a decisão de seu pai e a decisão da menina são as mesmas, ambas inapeláveis. Ele começa a ter uma levíssima noção de que a partida que o separará dela é a grande sorte de sua história juntos. Que ela não é do tipo talhado para o casamento, que ela escaparia a qualquer casamento, que será preciso abandoná-la, esquecê-la, devolvê-la aos brancos, a seus irmãos.

* * *

Desde que ele tinha enlouquecido com seu corpo, a menina não sofria mais com o fato de tê-lo, com sua magreza, e estranhamente nem mesmo sua mãe se preocupava tanto quanto antes, como se ela também tivesse descoberto que esse corpo afinal era plausível, aceitável, como qualquer outro. Ele, o amante de Cholen, acha que o crescimento da menina foi afetado pelo excesso de calor. Descobre que compartilha esse parentesco com ela. Diz que todos esses anos passados aqui, nessa latitude insuportável, fizeram que ela ficasse como as moças dessa região da Indochina. Que tem os pulsos finos como elas, os mesmos cabelos bastos que parecem ter absorvido toda a força do corpo, longos como os delas, e principalmente essa pele, essa pele de todo o corpo que vem da água da chuva que as pessoas aqui guardam para o banho das mulheres e das crianças. Ele diz que as mulheres da França, em comparação, têm a pele do corpo grossa, quase áspera. Diz ainda que a alimentação pobre dos trópicos, composta de peixes e frutas, contribui. E também os algodões e as sedas das roupas, sempre largas essas roupas, que flutuam sobre o corpo, livre, nu.

O amante de Cholen se entrega à adolescência da menina branca a ponto de se perder. O gozo que tem com ela a cada noite toma conta de seu tempo, de sua vida. Quase nem lhe fala mais. Talvez ache que ela não entenderia mais o que ele lhe diria sobre ela, sobre esse amor que ainda não conhecia e sobre o qual não sabe dizer nada. Talvez tenha descoberto que nunca se falaram, a não ser nos gritos do quarto à noite. Sim, acho que ele não sabia, ele descobre que não sabia.

Ele a olha. Com os olhos fechados, ainda a olha. Respira seu rosto. Respira a criança, com os olhos fechados respira sua respiração, o ar quente que sai dela. Ele percebe cada vez menos claramente os limites desse corpo, que não é como os outros, ele não acaba, no quarto continua a crescer, as formas ainda não se detiveram, a todo momento estão se fazendo, ele não está ali apenas onde se vê, está em outro lugar também, se estende além da vista, para o jogo, para a morte, ele é maleável, parte-se inteiro no gozo como se fosse grande, adulto, sem malícia, com uma inteligência assustadora.

Eu olhava o que ele fazia comigo, como se servia de mim, e nunca tinha pensado que se podia fazer assim, ele ia além de minha esperança e em consonância com o destino do meu corpo. Assim me tornei sua filha. Ele também tinha se tornado outra coisa para mim. Eu começava a reconhecer a suavidade indizível de sua pele, de seu sexo, para além dele. A sombra de outro homem também devia atravessar o quarto, a de um jovem assassino, mas eu ainda não sabia, nada disso ainda aparecia a meus olhos. A de um jovem caçador também devia atravessar o quarto, mas desta, sim, eu sabia, às vezes ele estava presente no gozo e eu dizia a ele, ao amante de Cholen, eu lhe falava de seu corpo e de seu sexo também, de sua inefável suavidade, de sua coragem na floresta e nos rios nas embocaduras das panteras negras. Tudo se somava ao seu desejo e o levava a me possuir. Eu tinha me tornado sua filha. Era com a filha que ele fazia amor todas as noites. E às vezes ele fica com medo, de repente se preocupa com a saúde dela como se descobrisse que ela é mortal e lhe ocorresse a ideia de que podia perdê-la. Que ela seja tão franzina, de repente, e às vezes ele também fica com um medo brutal. E essa dor de cabeça também, que tantas vezes lhe traz agonia, lívida, imóvel, uma compressa úmida sobre os olhos. E esse desgosto também que, às vezes, ela sente pela vida, quando a acomete, quando pensa em sua mãe e de repente grita e chora de raiva diante da ideia de não poder mudar as coisas, fazer a mãe feliz antes que morra, matar os que lhe fizeram mal. Com o rosto junto ao dela, ele toma suas lágrimas, esmaga-a contra si, louco de desejo por suas lágrimas, por sua raiva.

Ele a toma como tomaria a filha. Tomaria a filha da mesma maneira. Ele brinca com o corpo da filha, vira-o, afunda nele o rosto, a boca, os olhos. E ela, ela continua a se abandonar na direção exata que ele tomou quando começou a brincar. E de súbito é ela que suplica, não diz o quê, e ele, ele lhe grita que se cale, ele grita que não a quer mais, não quer mais gozar com ela, e de novo os dois presos, aferrolhados um ao outro no pavor, e então esse pavor se dissolve novamente, eles cedem a ele uma vez mais, nas lágrimas, no desespero, na felicidade.

Ficam calados durante a noite. No carro preto que a leva de volta ao pensionato, ela apoia a cabeça em seu ombro. Ele a abraça. Diz a ela que é bom que o navio da França venha logo, que a leve embora e que eles se separem. Ficam calados durante o trajeto. Às vezes ele pede que o motorista dê uma volta ao longo do rio. Exausta, ela adormece junto dele. Ele a desperta com beijos.

No dormitório, a luz é azul. Há um perfume de incenso, sempre queimam incenso ao anoitecer. O calor é parado, todas as janelas estão escancaradas e não há um sopro de ar. Tiro os sapatos para não fazer barulho, mas estou tranquila, sei que a inspetora não vai se levantar, que agora é permitido que eu volte à noite na hora que quiser. Vou imediatamente ver a cama de H. L., sempre um pouco preocupada, sempre receando que ela tenha fugido do pensionato durante o dia. Ela está lá. Dorme bem, H. L. Tenho a lembrança de um sono emburrado, quase hostil. De recusa. Seus braços nus cercam a cabeça, abandonados. O corpo não está deitado direito como o das outras moças, as pernas estão dobradas, não se vê o rosto, o travesseiro escorregou. Adivinho que ela deve ter me esperado e depois dormiu assim, na impaciência, na raiva. Deve ter chorado, também, e depois caído no abismo. Gostaria de acordá-la e conversar baixinho com ela. Não falo mais com o homem de Cholen, ele não fala mais comigo, preciso ouvir as perguntas de H. L. Ela tem essa atenção incomparável das pessoas que não entendem o que a gente diz. Mas não posso acordá-la. Depois que é acordada assim, no meio da noite, H. L. não consegue dormir de novo. Ela se levanta, fica com vontade de sair, sai, se precipita pelas escadas, sai pelos corredores, os grandes pátios vazios, corre, me chama, fica tão feliz que nada consegue detê-la, e quando lhe suspendem o passeio sabe-se que é isso que ela quer. Hesito, e depois não, não a desperto. Sob o mosquiteiro, o calor é sufocante; quando fecho de novo o mosquiteiro, parece insuportável. Mas sei que é porque estou chegando da rua, das margens do rio, onde sempre é fresco à noite. Estou acostumada, não me mexo, espero passar. Passa. Nunca durmo de imediato, apesar desses novos cansaços em minha vida. Penso no homem de Cholen. Ele deve estar numa casa noturna para os lados da Source, com seu motorista, devem estar bebendo em silêncio, quando estão juntos bebem aguardente de arroz. Ou pode ter voltado, adormecido na luz do quarto, sem falar com ninguém, nunca. Nesta noite não suporto mais pensar no homem de Cholen. Não suporto tampouco pensar em H. L. É como se já tivessem uma vida completa, como se ela lhes viesse de fora. É como se eu não tivesse nada parecido. A mãe diz: essa nunca vai ficar contente com nada. Acho que minha vida começa a se mostrar para mim. Acho que já sei dizer o que ela é, tenho uma vaga vontade de morrer. Essa palavra, já não a separo mais de minha vida. Acho que tenho uma vaga vontade de ficar sozinha, assim como percebo que não estou mais sozinha desde que deixei a infância, a família do caçador. Vou escrever livros. É o que vejo para além do instante, no grande deserto que se afigura como a extensão de minha vida.

Não lembro mais as palavras do telegrama de Saigon. Se dizia que meu irmão mais moço tinha falecido ou se dizia: chamado a Deus. Creio lembrar que era chamado a Deus. A evidência me trespassou: não podia ser ela a mandar o telegrama. Meu irmãozinho. Morto. Primeiro é incompreensível e depois, bruscamente, de todas as partes, do fundo do mundo, chega a dor, ela me recobriu, me arrebatou, eu não reconhecia mais nada, não existia mais a não ser na dor, aquela, não sabia qual, se era a dor de ter perdido um filho alguns meses antes e que agora retornava ou se era uma nova dor, pois meu filho morreu ao nascer, eu não cheguei a conhecê-lo e não senti vontade de me matar como sentia agora.

Alguém tinha se enganado. O erro cometido em alguns segundos ganhou todo o universo. O escândalo era de escala divina. Meu irmãozinho era imortal, e não notaram. A imortalidade havia sido recebida pelo corpo desse irmão em vida, e nós, nós não vimos que naquele corpo havia se alojado a imortalidade. O corpo de meu irmão estava morto. A imortalidade havia morrido com ele. E agora assim continuava o mundo, privado dessa visita e desse corpo visitado. Havia sido um total engano. O erro ganhou todo o universo, o escândalo.

A partir do momento em que ele morreu, ele, meu irmão mais moço, tudo devia morrer em seguida. E por ele. A morte, em cadeia, partia dele, o menino.

O corpo morto do menino não sentia absolutamente nada desses acontecimentos por ele causados. A imortalidade que ele havia abrigado durante os vinte e sete anos de sua vida, ele ignorava o nome.

Ninguém enxergava com tanta clareza como eu. E a partir do momento em que atingi esse conhecimento, tão simples, de que o corpo de meu irmão mais moço era o meu também, eu tinha de morrer. E morri. Meu irmão me levou para junto de si, me puxou para si, e eu morri.

Era preciso avisar as pessoas dessas coisas. Informar que a imortalidade é mortal, que pode morrer, que aconteceu e ainda acontece. Que ela não se mostra enquanto tal, nunca, que ela é a duplicidade absoluta. Que ela não existe no detalhe, mas apenas como princípio. Que algumas pessoas podem acolher essa presença da imortalidade, desde que não se deem conta disso. Assim como algumas outras pessoas podem perceber essa presença nos demais, com a mesma condição, desde que não se deem conta disso. Que a vida é imortal enquanto vive, enquanto está em vida. Que a imortalidade não é uma questão de mais ou menos tempo, não é uma questão de imortalidade, é uma questão de alguma outra coisa que continua desconhecida. Que é tão falso dizer que ela não tem começo nem fim quanto dizer que ela começa e acaba com a vida do espírito, pois é do espírito que ela participa e da busca do vento. Olhem as areias mortas dos desertos, o corpo morto das crianças: a imortalidade não passa por ali, ela para e contorna.

Quanto a meu irmão, foi uma imortalidade sem jaça, sem lenda, sem acidente, pura, de alcance único. Meu irmão não tinha nada para bradar no deserto, não tinha nada a dizer, lá nem aqui mesmo, nada. Não tinha instrução, nunca chegou a se instruir em coisa nenhuma. Não sabia falar, mal conseguia ler, mal conseguia escrever, às vezes achávamos que nem sabia sofrer. Era uma pessoa que não compreendia e sentia medo.

Esse amor insensato que tenho por ele continua um mistério insondável para mim. Não sei por que eu o amava a ponto de querer morrer com sua morte. Estava separada dele fazia dez anos quando isso aconteceu e só raramente pensava nele. Parecia que eu o amava para sempre e nada de novo podia acontecer a esse amor. Eu tinha esquecido a morte.

* * *

Conversávamos pouco, falávamos pouquíssimo do nosso irmão mais velho, de nossa infelicidade, da infelicidade de nossa mãe e a da planície. Preferíamos falar de caça, de espingardas, de mecânica, de automóveis. Ele ficava furioso quando o carro quebrava e me contava, descrevia os automóveis que ainda teria. Eu conhecia todas as marcas de espingardas de caça e todas as marcas de automóveis. Falávamos também, claro, que seríamos devorados pelos tigres se não tomássemos cuidado ou nos afogaríamos no rio se continuássemos a nadar na correnteza. Ele tinha dois anos mais que eu.

O vento parou, e sob as árvores brilha a luz sobrenatural que se segue à chuva. Pássaros gritam com toda a força, ensandecidos, aguçam o bico contra o ar frio, fazem-no ressoar em toda a sua extensão de modo quase ensurdecedor.

Os paquetes subiam o rio de Saigon, motores desligados, puxados por rebocadores, até as instalações portuárias que existiam naquela curva do Mekong que fica na altura de Saigon. Essa curva, esse braço do Mekong, se chama ribeira, a ribeira de Saigon. A escala durava oito dias. Quando os navios atracavam, surgia a França. Podia-se jantar na França, dançar na França, era caro demais para minha mãe e, além disso, para ela não valia a pena, mas com ele, o amante de Cholen, eu poderia ter ido. Ele não ia porque sentiria medo de ser visto com a menina branca tão jovem, ele não dizia, mas ela sabia. Naquela época, e nem faz tanto tempo, talvez uns cinquenta anos, só era possível percorrer o mundo de navio. Grandes partes dos continentes ainda não dispunham de estradas nem de ferrovias. Por centenas, milhares de quilômetros quadrados, existiam apenas os caminhos da pré-história. Eram os belos paquetes das Messageries Maritimes, os mosqueteiros da linha, Portos, D'Artagnan, Aramis, que ligavam a Indochina à França.

Aquela viagem durava vinte e quatro dias. Os paquetes eram verdadeiras cidades, com ruas, bares, cafés, bibliotecas, salões, encontros, amantes, casamentos, mortes. Formavam-se associações ao acaso, eram obrigatórias, todos sabiam, ninguém esquecia, e por isso se tornavam possíveis, e às vezes até inesquecíveis, nesse acordo. Eram as únicas viagens das mulheres. Sobretudo para muitas delas, mas também, às vezes, para alguns homens, as viagens até a colônia constituíam a verdadeira aventura do empreendimento. Para a mãe, elas sempre tinham sido, junto com nossa primeira infância, o que ela chamava de "o melhor de sua vida".

* * *

As partidas. Eram sempre as mesmas. Sempre as primeiras partidas pelos mares. A separação da terra sempre se fazia em meio à dor e ao mesmo desespero, mas isso nunca havia impedido que os homens partissem, os judeus, os pensadores e os simples viajantes da viagem marítima, e isso nunca havia impedido que as mulheres os deixassem ir, elas que nunca partiam, que ficavam cuidando do lar, da raça, dos bens, da razão de ser do retorno. Durante séculos, os navios fizeram com que as viagens fossem mais lentas e mais trágicas do que são hoje. A duração da viagem recobria naturalmente a extensão da distância. As pessoas estavam habituadas a esses lentos ritmos humanos na terra e no mar, a esses atrasos, a essa espera dos ventos, dos céus abertos, dos naufrágios, do sol, da morte. Os paquetes que a menina branca havia conhecido estavam entre os últimos correios do mundo. Com efeito, foi durante sua juventude que surgiram as primeiras linhas aéreas que iriam progressivamente privar a humanidade das viagens pelos mares.

Ainda íamos todos os dias à *garçonnière* de Cholen. Ele fazia como sempre, durante algum tempo continuou a fazer como sempre, me lavava com a água das jarras e me levava para a cama. Vinha ao meu lado, também se estendia, mas tinha ficado sem força nenhuma, sem potência nenhuma. Marcada a data da partida, mesmo ainda distante, ele não conseguia fazer mais nada com meu corpo. Acontecera abruptamente, à sua revelia. Seu corpo não queria mais a menina que ia partir, trair. Ele dizia: não posso mais te tomar, achava que ainda podia, mas não posso mais. Dizia que estava morto. Tinha um suavíssimo sorriso de desculpas, dizia que talvez nunca mais se recuperasse. Eu lhe perguntava se era o que queria. Quase ria e dizia: não sei, nesse momento talvez sim. Sua suavidade tinha se concentrado totalmente na dor. Ele não falava dessa dor, nunca disse uma palavra. Às vezes o rosto estremecia, ele fechava os olhos e cerrava os dentes. Mas sempre se calava sobre as imagens que via por trás dos olhos fechados. Era como se ele amasse essa dor, amasse como havia me amado, muito intensamente, talvez a ponto de morrer, e agora ele a preferia a mim. Às vezes ele dizia que queria me acariciar porque sabia que eu estava com muita vontade e queria me olhar durante o gozo. Ele me acariciava e ao mesmo tempo me olhava e me tratava como sua filha. Havíamos decidido não nos ver mais, mas não era possível, não tinha sido possível. Todas as noites eu o encontrava na frente do liceu em seu automóvel preto, a cabeça virada para o outro lado, de vergonha.

Quando se aproximava a hora da partida, o navio lançava três apitos longuíssimos, de uma força terrível, que se ouviam em toda a cidade, e o céu para o lado do porto ficava negro. Então os rebocadores se aproximavam do navio e o puxavam para o vão central do rio. Lá chegados, os rebocadores soltavam as amarras e voltavam para o porto. Então o navio se despedia mais uma vez, lançava de novo seus mugidos terríveis e tão misteriosamente tristes que faziam as pessoas chorarem, não só as que iam viajar, as que se separavam, mas também as que tinham vindo olhar, e as que estavam ali sem um motivo preciso, que não pensavam em ninguém em particular. A seguir, o navio, muito lentamente, com suas próprias forças, começava a navegar. Por muito tempo via-se sua forma alta avançando para o mar. Muita gente ficava ali olhando, fazendo sinais cada vez mais lentos, cada vez mais frouxos, com echarpes e lenços. E depois, por fim, a terra absorvia a forma do navio em sua curvatura. Em dias claros, via-se o navio afundar lentamente.

Ela também, foi quando o navio havia lançado o primeiro sinal de despedida, quando haviam recolhido a passarela e os rebocadores tinham começado a puxá-lo, a afastá-lo da terra, foi então que ela chorou. Ela tinha chorado sem mostrar suas lágrimas, porque ele era chinês e não se devia chorar por esse tipo de amante. Sem mostrar à mãe e ao irmão mais moço que ela sofria, sem mostrar nada, como era de hábito entre eles. Seu grande automóvel estava lá, preto e comprido, com o motorista de branco na frente. Estava um pouco afastado do estacionamento das *Messageries Maritimes*, isolado. Ela o reconheceu por aqueles sinais. Era ele no banco de trás, aquela forma quase invisível, que não fazia nenhum movimento, prostrada. Ela estava apoiada à amurada como na primeira vez na balsa. Sabia que ele a olhava. Ela também o olhava, não o via mais, mas ainda olhava para a forma do automóvel preto. E depois, no fim, já não o via mais. O porto tinha se apagado, e depois a terra.

Havia o mar da China, o mar Vermelho, o oceano Índico, o canal de Suez, acordava-se de manhã e pronto, sabíamos pela falta de trepidação, avançávamos em areia. Acima de tudo, havia esse oceano. Era o mais distante, o mais vasto, chegava ao polo Sul, o mais longo entre as escalas, entre o Ceilão e a Somália. Às vezes o oceano estava tão calmo e o tempo tão limpo, tão suave, que parecia ser outra viagem, não por mar. Então todo o navio se abria, os salões, as coxias, os postigos. Os passageiros fugiam de suas cabines tórridas e até dormiam no convés.

Durante uma viagem, na travessia desse oceano, alguém morreu. Ela não lembra bem se isso aconteceu durante aquela viagem ou alguma outra. Havia pessoas jogando cartas no bar da primeira classe, entre esses jogadores havia um rapaz e, em dado momento, esse rapaz, sem uma palavra, pôs as cartas na mesa, saiu do bar, correu pelo convés e se atirou ao mar. O tempo de parar o navio, que estava a toda a velocidade, e o corpo já havia sumido.
　Não, ao escrever isso, ela não vê o navio, e sim outro lugar, onde ela ouviu essa história. Era Sadec. Era o filho do administrador de Sadec. Ela o conhecia, ele também estava no liceu de Saigon. Ela se lembra dele, muito alto,

o rosto bastante suave, moreno, os óculos de tartaruga. Não encontraram nada na cabine, nenhuma carta. A idade ficou na memória, assustadora, a mesma, dezessete anos. O navio tinha retomado o curso ao amanhecer. O mais terrível era isso. O nascer do sol, o mar vazio e a decisão de abandonar as buscas. A separação.

E outra vez, ainda nessa mesma viagem, durante a travessia desse mesmo oceano, também já havia anoitecido, produziu-se no grande salão do convés principal a irrupção de uma valsa de Chopin que ela conhecia de maneira íntima e secreta porque havia tentado aprendê-la durante meses e nunca tinha conseguido tocá-la corretamente, nunca, o que fizera, em seguida, que sua mãe lhe permitisse deixar o piano. Naquela noite, perdida entre as noites e as noites, disso ela tinha certeza, a jovem se encontrava justamente naquele navio e estava lá quando aquela coisa se produziu, aquela irrupção da música de Chopin sob o céu iluminado de cintilações. Não havia uma brisa sequer, e a música havia se espalhado por todo o paquete negro, como uma imposição dos céus que não se sabia a que se referia, como uma ordem de Deus cujo teor era desconhecido. E a jovem tinha se levantado como se, por sua vez, fosse se matar, por sua vez se lançar ao mar, e depois havia chorado porque tinha pensado naquele homem de Cholen e de repente não tinha certeza se não o havia amado com um amor do qual não se apercebera porque ele tinha se perdido na história como a água na areia e agora ela só o reencontrava nesse instante em que a música se lançava ao mar.

Como mais tarde a eternidade do irmão mais moço através da morte.

Ao redor as pessoas dormiam, envoltas pela música, mas não despertadas por ela, tranquilas. A jovem pensava que acabava de ver a noite mais calma que jamais existiria no oceano Índico. Ela acha que foi naquela noite também que viu o irmão chegar com uma mulher ao convés. Ele tinha se apoiado à amurada, ela o abraçara e tinham se beijado. A jovem se escondera para ver melhor. Reconhecera a mulher. Outra vez com o irmão, eles não se largavam mais. Era uma mulher casada. Um casal morto. O marido parecia não se dar conta de nada. Durante os primeiros dias da viagem, o irmão e essa mulher ficavam o dia todo na cabine, só saíam à noite. Nesses mesmos dias, o irmão olhava a mãe e a irmã como se não as reconhecesse. A mãe tinha ficado arisca, silenciosa, ciumenta. Ela, a menina, chorava. Estava feliz, achava, e ao mesmo tempo tinha medo do que aconteceria mais tarde ao irmão. Achava que ele as deixaria, partiria com essa mulher, mas não, ele se reuniu a elas na chegada à França.

Ela não sabe quanto tempo depois dessa partida da moça branca ele executou a ordem paterna, quando realizou aquele casamento que lhe fora ordenado, com a jovem designada pelas famílias dez anos antes, ela também coberta de ouro, diamantes, jade. Uma chinesa também oriunda do norte, da cidade de Fu-Chuen, que veio acompanhada pela família.

Ele deve ter passado muito tempo sem conseguir estar com ela, sem poder lhe dar o herdeiro das fortunas. A lembrança da menina branca devia estar lá, oculta, o corpo lá, atravessado na cama. Ela deve ter continuado por muito tempo como a soberana de seu desejo, a referência pessoal à emoção, à imensidão da ternura, à sombria e terrível profundeza carnal. Depois veio o dia em que isso deve ter sido possível. Aquele dia justamente em que o desejo pela menina branca deve ter sido tão grande, a tal ponto insuportável que ele foi capaz de reencontrar sua imagem inteira como numa intensa e imensa febre e penetrar a outra mulher com esse desejo por ela, a menina branca. Ele deve ter se reencontrado pela mentira dentro dessa mulher e, pela mentira, ter feito o que as famílias, o céu, os ancestrais do norte esperavam dele, isto é, o herdeiro do nome.

Talvez ela soubesse da existência da jovem branca. Ela tinha criadas nativas de Sadec que conheciam a história e devem ter comentado. Ela não devia ignorar sua dor. As duas deviam também ter a mesma idade, dezesseis anos. Naquela noite terá visto o marido chorar? E, vendo, terá lhe oferecido consolo? Uma menina de dezesseis anos, uma noiva chinesa dos anos 1930 poderia consolar, sem ser indecorosa, esse tipo de dor adúltera cujo ônus recaía sobre ela? Quem sabe? Talvez ela se enganasse, talvez tenha chorado com ele, sem uma palavra, o resto da noite. E depois teria vindo o amor, depois das lágrimas.

    Ela, a jovem branca, nunca soube nada acerca desses fatos.

Anos após a guerra, após os casamentos, os filhos, os divórcios, os livros, ele tinha vindo a Paris com a mulher. Ele lhe telefonara. Sou eu. Ela o reconhecera pela voz. Ele dissera: queria apenas ouvir sua voz. Ela: sou eu, bom dia. Ele estava intimidado, sentia medo como antes. Sua voz de repente tremeu. E, com o tremor, de repente, ela reencontrou o sotaque da China. Ele sabia que ela tinha começado a escrever livros, soube pela mãe dela, que ele havia encontrado em Saigon. E também sobre o irmão mais moço, que ele tinha ficado triste por ela. E depois não havia mais o que dizer. E depois ele disse. Disse que era como antes, que ainda a amava, que nunca conseguiria deixar de amá-la, que a amaria até a morte.

Neauphle-le-Château – Paris
fevereiro-maio de 1984

Posfácio
A imagem absoluta

Por LEYLA PERRONE-MOISÉS

Quase todas as obras de Marguerite Duras são autobiográficas, na medida em que são transposições de experiências existenciais da autora. De uma existência que, narrada objetivamente (se tal coisa é possível), seria predominantemente triste, e por vezes trágica, a escritora conseguiu extrair um esplendor artístico que se refletiu em sua própria pessoa, transformada, no fim da vida, em personagem enigmática, quase de ficção.

Em sua infância, Duras experimentou a pobreza e a humilhação. Adulta, viveu os perigos da clandestinidade, na Resistência, e viu o marido aniquilado voltar de um campo de concentração. Na velhice, enfrentou graves problemas de saúde, causados pelo alcoolismo. Concomitantemente, teve vários amantes, amigos escritores e artistas, um filho e, sobretudo, sua escrita literária, que angariou um lento, mas progressivo, reconhecimento, assegurando-lhe por fim a celebridade e a segurança financeira que tanto lhe faltava.

O núcleo irradiador de toda a sua obra foi a infância na Indochina francesa (atual Vietnã). A mãe, modesta professora primária, ficou viúva quando a futura escritora tinha quatro anos. Temendo a pobreza para si e para os filhos, investiu todas as economias do finado marido na compra de terras em que pretendia cultivar arroz. Foi ludibriada nessa transação, pois as terras eram sujeitas a inundações e, com isso, imprestáveis. Perdeu todas as reparações pedidas na justiça e viu-se reduzida a uma vida quase miserável, marginal tanto com relação aos asiáticos quanto à população francesa da colônia.

Tendo sido repatriada aos dezoito anos, para prosseguir seus estudos, Marguerite dedicou-se à escrita literária. Seu primeiro êxito, o romance *Uma barragem contra o Pacífico* (1950), narrava exatamente a triste experiência materna. Depois de um breve período em que foi assimilada ao *nouveau roman*, encontrou definitivamente seu caminho, com uma temática e um estilo inconfundíveis. A partir de *O arrebatamento de Lol V. Stein* (1964), ela criou um conjunto de personagens recorrentes e intercomunicantes, marcadas pela paixão, pela infelicidade e pela loucura, associadas à vida artificial dos europeus nas colônias asiáticas. São intrigas aparentemente banais, histórias de amor quase folhetinescas: a noiva traída que enlouquece, a mulher fatal que provoca a morte dos amantes, os diplomatas fúteis e desesperados. Mas a escritora conseguiu dar a essas histórias uma tragicidade arquetípica, e, aos cenários das vidas uma grandeza poética. O ponto alto desse ciclo é o filme *India Song*, escrito e dirigido por ela em 1974. O estilo Duras, no cinema e na ficção, correspondia exatamente àquilo que era teorizado, nos anos 1960 e 1970, sob o nome de *écriture*: escrita da alta modernidade poética, experimental, musical, fragmentária, mais alusiva do que representativa, em suma, para poucos e requintados leitores e expectadores. Sua prosa foi admirada por Jacques Lacan, Maurice Blanchot e Roland Barthes; seu cinema influenciou o de Jean-Luc Godard. Duras já tinha assegurado seu lugar como escritora *cult*.

Então, em 1984, a surpresa. A escritora, com setenta anos, lança *O amante*, que ganha o cobiçado Prêmio Goncourt e arrebata o grande público, tornando-se um best-seller. Teria Duras cedido às pressões da literatura de massa, facilitado seu estilo, simplificado sua trama narrativa? A resposta é não. *O amante* representa, sim, uma mudança na obra da autora. É um romance mais legível do que outras obras suas, mas não deixa de ser profundamente durasiano.

O amante foi fartamente comentado na mídia, e sua repercussão durou quase uma década, alimentada pela polêmica suscitada por sua adaptação ao cinema, em 1991, por Jean-Jacques Annaud. Em entrevistas concedidas na época da publicação do romance, Duras afirmava que este era o mais autobiográfico de sua obra, assim como o que foi escrito com maior facilidade, ao correr da pena. As duas afirmações são sujeitas à dúvida.

De fato, *O amante* pretende narrar um episódio da adolescência de Marguerite, sua iniciação sexual, aos quinze anos e meio, com um chinês rico de Saigon, e a ligação que os uniria por três anos. Na história, estão presentes a mãe, sua desgraça financeira e moral, o irmão mais velho, drogado, cruel e venal, o irmão mais novo, frágil e oprimido, a jovem estudante do liceu francês de Saigon, brutalmente amadurecida e desencantada. Todos esses elementos são autobiográficos, e a escritora explicita, no texto, que está narrando aí o que nunca havia contado, um segredo, um fato recalcado. Mas em que medida tudo isso é verdade? Não o sabemos nem interessa saber. "A história da minha vida não existe. Ela não existe. Nunca há um centro. Nem caminho, nem linha", diz ela, já nas primeiras páginas do romance.

Os biógrafos que a entrevistaram tiveram de lidar com respostas contraditórias, evasivas, provocadoras. Laure Adler, autora da biografia *Marguerite Duras* (1998), observou que a escritora construiu seu próprio mito e que, sobre muitos fatos, é impossível saber a verdade.

Se as sucessivas histórias narradas por ela não têm centro nem linha, possuem, entretanto, uma origem única. É das experiências de infância e adolescência que decorre toda a sua obra e o fato de ter escrito uma obra. Numa entrevista concedida a Sinclair Dumontais, disse a autora:

É certamente o medo da infância, que conto em O amante, aquele medo de meu irmão mais velho e a loucura de minha mãe que me fizeram escrever. A petrificação dos sentimentos diante da força do outro, descobrir, sob o rosto calmo da mãe, uma torrente, um vulcão, ou pior, uma ausência, o gelo que já não se move e que nos faz berrar, gritar de medo. A escrita foi a única coisa à altura dessa catástrofe infantil.

Ao ser indagada sobre o poder exorcizante ou neutralizante da escrita literária, a romancista respondeu:

Não, a escrita não é uma maneira de conseguir viver, é simplesmente uma maneira de viver. Nem todos podem escrever ou fazer literatura, essa vida não é para todo o mundo. Alguns morrem por ela. Mais do que uma maneira de viver, a literatura é uma maneira de morrer, de morrer para si mesmo.

Ora, essa morte de "si mesmo" é o oposto de uma autobiografia escrita como afirmação do ego, é a possibilidade de todas as infidelidades ao factual em proveito de uma verdade maior, afetiva e poética.

Quanto à facilidade com que teria sido escrito o romance, os críticos que examinaram, posteriormente, os sucessivos rascunhos e planos da obra verificaram que a história existia em embrião desde a juventude de Duras, que esse embrião foi retomado meio século mais tarde e que a forma final só foi encontrada depois de profundos remanejamentos. No próprio texto, a narradora dá uma explicação de seu estilo aparentemente mais solto: "Eles estão mortos, agora, a mãe e os dois irmãos. [...] Está acabado, não lembro mais. É por isso que escrevo sobre ela, agora, de modo tão fácil, tão longo, tão estirado, ela se tornou escrita corrente" (p. 30). O recalcado encontrou uma forma, uma sublimação. Isso só se consegue por um trabalho, aqui o trabalho da escrita.

Se as personagens e os fatos são verídicos, a escrita literária os transfigura e transcende. O romance começa e termina na primeira pessoa, a da protagonista já idosa, escritora consagrada e alcoólatra. Mas, ao longo do livro, o foco narrativo desliza sutilmente da primeira pessoa (a da velha que se lembra) à terceira, "*la petite*", a menina, transformada em imagem: "De repente eu me vejo como outra, como outra seria vista, de fora, posta à disposição de todos, à disposição de todos os olhares, na circulação das cidades, dos caminhos, do desejo" (p. 16). Todas as falhas da memória são preenchidas por certezas fictícias: "Naquele dia, eu devia estar com aqueles famosos sapatos de salto alto em lamê dourado. Não vejo que outra coisa poderia usar naquele dia, portanto eu os uso" (p. 15).

Embora desenvolva uma trama perfeitamente compreensível, o romance tem uma estrutura complexa. É composto de fragmentos, que alternam o passado da narrativa, um passado posterior a este, e o presente da lembrança. Enquanto, no presente da lembrança, os verbos estão em formas temporais do passado (imperfeito, passado composto), na narrativa central, dos fatos mais remotos, os verbos estão no presente: "Permitam-me dizer, tenho quinze anos e meio. Uma balsa desliza sobre o Mekong. A imagem permanece durante toda a travessia do rio" (p. 8).

Trata-se de uma "presentificação" do passado, sempre atual na memória da narradora, e de uma apresentação "ao vivo", que aproxima o leitor, visando a incluí-lo.

A narrativa principal se desenrola em torno de uma série de imagens fascinantes. A palavra "imagem" está presente desde a primeira página e volta inúmeras vezes no texto. A visualidade é reforçada pela exortação da narradora: "Na balsa, vejam, ainda tenho os cabelos compridos" (p. 19). Tem sido dito que ler *O amante* é como folhear um álbum de fotografias. De fato, um dos acontecimentos desencadeadores da escrita do livro teria sido a proposta, feita pelo filho de Duras, de que esta escrevesse legendas para as fotos de sua vida.

A "fotografia" mais importante do livro, entretanto, jamais existiu. É com ela que a personagem principal, a narradora quando jovem, ingressa na ficção. Sabemos, depois, que essa imagem nunca foi capturada numa foto: "Poderia ter existido, poderiam ter tirado uma foto, como qualquer outra, em outro lugar, em outras circunstâncias. Mas não tiraram. [...] É a essa falta de ter sido registrada que ela deve sua virtude, a de representar um absoluto, de ser justamente a sua autora" (pp. 13-4).

Essa imagem não é descrita de imediato. Vai sendo completada pouco a pouco, criando um suspense narrativo, que acende a curiosidade do leitor, e um suspense visual que o captura, como a passagem do fundo à figura, do *flou* à nitidez. É a imagem da adolescente debruçada no parapeito da balsa, aparição notável por sua incongruência: o vestido de seda quase transparente, sem mangas e decotado; o cinto de couro; os sapatos de saltos altos, em lamê dourado com strass; o chapéu masculino; o rosto maquiado. Essa imagem perversa, misto de sedução sexual e de inocência, reúne os índices dos quatro membros da família: o vestido que fora da mãe, o cinto tomado a um dos irmãos, o chapéu que remete ao pai ausente, o sapato extravagante, objeto do desejo da adolescente e anúncio de sua futura prostituição. O chapéu é claramente indicado como um atributo paterno: alguém tinha de "levar dinheiro para casa", alguém tinha de ser o "homem" naquela família de ineptos.

Duras é uma mestra da imagem, em seus filmes e em seus livros. Essa foto que não existe em nenhum lugar, exceto no texto, bastaria para explicar o desacordo da autora com o filme realizado por Jean-Jacques Annaud. O filme apresenta essa imagem completa, desde a primeira cena, e a esmiúça, em *closes*: o vestido, os sapatos, o chapéu. Imagem encantadora, mas desprovida do espanto e do fascínio que as referências progressivas do texto suscitam no leitor. Como representar materialmente um "absoluto"? Essa dificuldade revela muito acerca dos poderes específicos da linguagem literária. "Uma imagem vale por mil palavras", diz-se. Mas uma imagem criada pelas palavras de um grande escritor carrega com ela mil sentidos.

Era previsível que Duras não gostasse do filme, bonito e correto, mas muito diverso de seus próprios textos e filmes, pelo realismo e pela linearidade narrativa. A escritora considerou ridículo, por exemplo, que o cineasta tivesse levado seu escrúpulo referencial ao extremo de encontrar um automóvel Morris Léon-Bollée dos anos 1930 e colocá-lo sobre uma verdadeira balsa do Mekong. Como cineasta, ela filmara *India Song* nos arredores de Paris, num velho hotel que faz as vezes da "embaixada da França em Calcutá". Em reação ao filme de Annaud, Duras escreveu *O amante da China do Norte*, que pretendia mostrar como o filme deveria ser feito.

A narrativa de *O amante* é constituída de oxímoros, aliança de opostos que a lógica rejeita. Personagens e acontecimentos são ambivalentes, ambíguos. A vida da família é uma história de amor e ódio, de miséria material e riqueza afetiva. Os encontros amorosos são intensamente prazerosos e infinitamente tristes. A mãe, na mesma frase, é "a porcaria, minha mãe, meu amor" (p. 25). Essa mãe, "comportada como uma viúva, vestida de cinza como uma irmã laica", aprecia a inconveniência dos trajes da "prostituta infantil" (p. 26); reprova sua conduta, mas vê nela uma possibilidade de ganhar dinheiro. O irmão mais velho é odiado e desejado pela adolescente. A mendiga de Calcutá é uma desgraçada que canta, feliz.

As surpresas de estilo prendem o leitor, contrariando suas expectativas e suas conclusões. Frequentemente, a última palavra do parágrafo ou fragmento revira o sentido anterior: "éramos crianças risonhas, meu irmão mais moço e eu, ríamos até perder o fôlego, a vida" (p. 61); "Ao longo do Ganges, os leprosos riem" (p. 85); "aferrolhados um ao outro no pavor, e então esse pavor se dissolve novamente, eles cedem a ele uma vez mais, nas lágrimas, no desespero, na felicidade" (p. 97). O chinês "sente um amor abominável" (p. 39); a adolescente vai se prostituir na *garçonnière* para "aprofundar o conhecimento de Deus" (p. 71).

A segurança de Duras, na montagem do texto, é absoluta. Iniciar o texto pelo rosto posteriormente "destruído" da protagonista, que na história tem quinze anos, é anunciar uma desgraça que o leitor desejará conhecer. Sabe-se que, em planos anteriores do romance, este não começava assim. Ao longo da narrativa, alternam-se visões marcantes (a adolescente na balsa, a limusine preta que parece um carro fúnebre, o quarto invadido pelos ruídos e cheiros da rua, a lavagem da casa) e relatos objetivos (os problemas da mãe, o destino posterior dos irmãos, a vida social da colônia, a guerra), numa sábia dosagem.

As breves descrições de paisagens merecem particular atenção. Elas retardam a narrativa, ao mesmo tempo que mantêm uma relação metafórica com os acontecimentos. O rio Mekong, arrastando, em seu fluxo torrencial, todos os detritos e todas as carcaças em direção ao Pacífico, alude ao tempo, à vida e à ruína da família. Uma dessas descrições merece especial atenção, por estar ligada a um dos poucos momentos de pura felicidade e por constituir um belo poema em prosa:

> *A luz caía do céu em cascatas de pura transparência, em trombas de silêncio e imobilidade. O ar era azul, podia-se apalpá-lo. Azul. O céu era aquela palpitação contínua do brilho da luz. A noite iluminava tudo, todo o campo das duas margens do rio a perder de vista. Cada noite era especial, cada uma era o próprio*

tempo de sua duração. O som das noites era o dos cães do campo. Uivavam para o mistério. Respondiam de aldeia em aldeia, até a consumação total do espaço e do tempo da noite (p. 79).

Assim como o início, o fim do romance é notável: a descoberta, pela jovem, do amor que tivera pelo amante chinês, amor que ela subestima ao longo da ligação, atribuindo seu próprio comportamento à pura sensualidade, à ganância e à perversidade. O reconhecimento desse amor é revelado de modo inesperado. Não é por um exame de consciência, por um monólogo interior da personagem, mas pela irrupção de uma valsa de Chopin, numa noite de luar, em pleno mar. O que poderia ser, sob uma pena menos hábil, uma cena sentimental de romance barato, comove-nos como se a vivêssemos, não pelo que é revelado, mas pelo modo como é narrado:

Não havia uma brisa sequer, e a música havia se espalhado por todo o paquete negro, como uma imposição dos céus que não se sabia a que se referia, como uma ordem de Deus cujo teor era desconhecido. E a jovem tinha se levantado como se, por sua vez, fosse se matar, por sua vez se lançar ao mar, e depois havia chorado porque tinha pensado naquele homem de Cholen e de repente não tinha certeza se não o havia amado com um amor do qual não se apercebera porque ele tinha se perdido na história como a água na areia e agora ela só o reencontrava nesse instante em que a música se lançava ao mar (pp. 108-9).

Entretanto, mais do que a história do amor por um homem, este romance é uma declaração de amor a outra pessoa. A relação erótica aí narrada tem uma terceira personagem, sempre presente: a mãe. Diz a narradora:

Ele tem pena de mim, eu lhe digo que não, que não deve ter pena de mim nem de ninguém, exceto de minha mãe. Ele me diz: você veio porque tenho dinheiro. Eu lhe digo que o desejo assim com o seu dinheiro. [...] *Ele diz: eu queria levá-la, ir embora com você. Digo que ainda não poderia deixar minha mãe sem morrer de pena* (p. 41).

O gozo sexual com o amante é comparado ao mar. Em francês, a associação de *"la mer"* (o mar) e *"la mère"* (a mãe) é um trocadilho fácil, inevitável. Assim, "o mar incomparável" (*la mer incomparable*) (p. 39), remete à mãe incomparável. A relação também existe no tema. Já tem sido observada a importância da água na obra durasiana: origem da vida, poder de destruição. O rio Mekong à margem do qual ela nasceu, o oceano Pacífico que arruinou as esperanças da mãe.

Todas as mulheres criadas por Duras remetem à sua mãe, por semelhança ou por oposição. Aquela mãe que a envergonhava, na rua e no liceu, é o negativo adorado daquelas mulheres das colônias, "belíssimas, alvíssimas", ricas, elegantes e ociosas. Em *O amante*, é referida uma mulher pela qual um homem se suicidara (pp. 86-8). O fato ocorreu realmente, na infância de Marguerite, com Elisabeth Stredter, mulher do administrador geral de

Vinhlong. Essa mulher fatal é uma das fontes da personagem Anne-Marie Stretter, a heroína do "ciclo indiano" da autora. A mulher sedutora que, de certa forma, vinga a mãe sacrificada é o que a adolescente escolhe ser. No outro oposto, a mendiga que abandona a filha, personagem presente nesta como em várias obras de Duras, a apavora porque representa um estado a que a própria mãe poderia chegar. Entretanto, ricas ou miseráveis, todas essas mulheres beiram a solidão e a loucura.

A narradora de *O amante* diz: "Em minha infância, a infelicidade de minha mãe ocupou o lugar do sonho" (p. 46). Um sonho que a escritora resgataria, ao longo de sua obra, imortalizando essa "pessoa de boa-fé, nossa mãe, assassinada pela sociedade" (pp. 54-5). Como ela mesma diz:

A imortalidade não é uma questão de mais ou menos tempo [...] é tão falso dizer que ela não tem começo nem fim quanto dizer que ela começa e acaba com a vida do espírito, pois é do espírito que ela participa e da busca do vento. Olhem as areias mortas dos desertos, o corpo morto das crianças: a imortalidade não passa por ali, ela para e contorna (p. 101).

É esse contorno que a arte de Duras realiza.

**Acreditamos
nos livros**

Este livro foi composto em Utopia
e impresso pela Gráfica Santa Marta para a
Editora Planeta do Brasil em julho de 2024.